LA CELDA DE CRISTAL

Secuestrada y Salvada
por el Mafioso Millonario

Por Alena García

© Alena Garcia 2016.

Todos los derechos reservados.

Publicado en España por Alena Garcia.

Primera Edición.

SINOPSIS

La Celda de Cristal nos cuenta la historia de la joven Ana Victoria León, una chica impetuosa de Barcelona, España, llena de sueños y aspiraciones para el futuro, pronta a marcharse a vivir la vida del universitario promedio en compañía de sus mejores amigas.

Pero un golpe del destino la envuelve en un desenlace trágico, uno que la convierte, a sus dieciocho años, en víctima de un secuestro a manos de un magnate del tráfico de mujeres.

Sus intenciones, en un principio, parecen ser claras: conseguir esclavas sexuales para venderlas a los mercados internacionales de prostitución de donde nunca más logran escapar.

Ana, sin embargo, corre con una suerte distinta, ya que la mente maestra detrás de aquellas operaciones moralmente incorrectas se convierte en su protector, cayendo lentamente enamorado de ella y en vez de deshacerse de ella a la primera oportunidad, la toma como su invitada, en vez de su rehén.

Al principio Ana es cautelosa, pero las atenciones que la colman en todo momento hacen que baje un poco la guardia. En el camino descubre que no todas las sombras son malignas, y que aquellas personas que hacen el mal también tienen motivos de peso, además de que son capaces de ser compasivos y hasta bondadosos a su propia manera.

Y aunque en un principio las cosas no son color de rosas para el magnate de origen Ruso, la paciencia y los años de experiencia le brindarán las armas que necesita para conquistar a aquella joven de espíritu indomable. ¿Lo logrará? ¿O el destino les tendrá alguna sorpresa preparada en el camino?

PRÓLOGO

PERIÓDICO LA VOZ DE CATALUNYA EN SU PORTADA

Lunes, 12 de Octubre de 2.015

OLEADA DE DESAPARICIONES TOMA POR SORPRESA A ZONAS COSTERAS DE LA COMUNIDAD AUTÓNOMA DE CATALUÑA.

Se han reportado al menos doce desapariciones en las zonas aledañas a Barcelona, capital de la provincia de Barcelona en Cataluña, España.

Todas las víctimas han sido reportadas como mujeres entre dieciocho y veinticinco años de edad, la gran mayoría estudiantes y de familias humildes de ésta provincia española.

Una de las madres de las víctimas comentó a uno de nuestros corresponsales que *"mi niña es una santa, nunca haría algo como esto para preocuparnos. Apenas acaba de cumplir dieciocho años y estaba celebrando con sus amigas en una discoteca bien conocida por la juventud de la zona."*

La madre nos mostraba una foto en su móvil de la joven en cuestión, Ana Victoria León, de dieciocho años de edad. **TENDENCIAS. P18**

DESAPARECIDAS, SI HA VISTO A ALGUNA DE ELLAS POR FAVOR COMUNÍQUESE DE INMEDIATO CON LA POLICÍA. VUELVAN PRONTO A CASA, CHICAS.

Así leía un cartel con las fotos de quince chicas de distintas etnias y edades, colocadas en cada poste, teléfono público, y ventana de cada tienda que lo había permitido.

Aquel suceso había conmocionado a la población, y le había robado las esperanzas a los familiares de las víctimas, quienes seguían a la espera de que sus niñas volvieran a casa.

El nombre de cada una se encontraba escrito debajo de la foto a color de cada una. Amigos y familiares se habían unido en duelo, para agotar sus energías buscando a sus familiares desaparecidas.

Capítulo 1

Con la respiración entrecortada despertó, inmersa en un mar de espesa negrura que cubría sus ojos y la sofocaba a la vez.

Intentó moverse sólo para darse cuenta de lo obvio: se encontraba atada de manos y pies, sentada en una silla incómoda y que se quejaba fuertemente con cada intento fallido de liberarse que ella hacía.

Estaba confundida; no recordaba bien qué había sucedido. Le dolía la cabeza y el estómago. Se sentía un poco enferma, con resaca. Leves recuerdos de los eventos anteriores a ese momento llegaron a su mente.

Una celebración, sus amigas, música electrónica y reguetón, tragos, risas y tonterías, y un chico. Sus rasgos eran fantasmales, borrosos, como si su mente se empeñara en borrar las huellas que había dejado en ella.

Sólo recordaba un rostro fragmentado: una sonrisa encantadora, una barba muy sexy, unos hermosos ojos, pero no lograba formar un rostro.

Su corazón se aceleraba cada vez que intentaba formar una imagen, como si ese rostro le causara un trauma.

Su respiración se agitó un poco más, forcejeó con más fuerza contra sus ataduras pero las mismas no cedieron, a pesar de ser unas simples sogas. Se sentía cada vez más enferma, ésta vez presa del pánico. Aún así, no lloró, no dejó que afloraran las emociones de debilidad. No quería verse aún más vulnerable.

Recordó a su padre, lo sabio que él era, y alguno que otro consejo brotó en su mente como un recuerdo nítido y de vívidos colores. Estaba sola y asustada, retenida contra su voluntad.

Las palabras — *Despídete de tu vida, preciosa.* – sonaron en su subconsciente y la hicieron soltar un chillido que aceleró su pulso hasta las nubes y la hizo sentir mareada. Era su voz, la sensual voz de aquel chico quien la había...

Una puerta se abrió de golpe a su espalda, ella se mantuvo quieta instantáneamente.

Una oleada de aire fresco se precipitó dentro de la habitación, y pudo percatarse con mucha vergüenza que había sido despojada de su blusa y se encontraba solo con el sujetador blanco de encajes que le había regalado Sofía, su mejor amiga hacían, ¿dos días? No lo sabía con certeza.

Unos pesados pasos se escucharon acercarse lentamente, como si la observaran y la degustaran con la mirada. Con tan sólo el sujetador era un espectáculo, de piel bronceada y cuerpo firme y torneado, con senos grandes y redondos en el lugar perfecto. No es como si a los dieciocho años tendría problemas con la flaccidez. De eso podría preocuparse en el futuro, si acaso tenía uno. No forcejeó, no se quejó ni suplicó. Fue muy valiente en ese momento.

Los pasos se detuvieron justo a su lado. Un suspiro alto delató que la persona, si habían quedado dudas de ello, era un hombre. Probablemente era alto y fuerte, si las pisadas eran algo para delatarlo.

Se encontraba tan cerca de ella que pudo sentir el calor de su cuerpo y se sintió enferma por la cercanía indeseada. Aún así se mantuvo inmutable y aparentando tranquilidad.

Sólo la delataba la respiración que no había logrado mantener bajo control, así como el latido de su corazón que la hacía sentir aún más mareada. Aquel hombre murmuró la sombra de una carcajada, ligera, suave y muy baja. Un escalofrío bajó por la espalda de ella.

— Wow, wow, wow. - Exclamó en tono de admiración aquel hombre con una voz profunda y un acento que delataba que no hablaba español nativamente. - Una flor silvestre, hermosa e imponente. Valiente. Justo lo que me gusta de una mujer.

Ella cerró los ojos detrás de la máscara que cubría su rostro, aguantando el asco que le producía la idea de que aquel hombre pronto estaría tocándola sin su consentimiento.

Quiso llorar, sus ojos se aguaron un poco pero no se permitió emitir sonido alguno. Una lágrima se le escapó cuando aquel hombre comenzó a rondarla de nuevo, pero no dejó salir ningún quejido.

— Eres muy valiente, me tienes cautivado.

Sintió el roce de unos dedos enormes contra su cuello y apretó los ojos y la boca, esperando sentir otro dedo, seguido por tres mas y una palma, deslizándose a voluntad y sin impedimentos a lo largo de su cuerpo, pero en vez de eso sintió aquella brisa fresca que rozaba su cuerpo llegarle al rostro, la negrura abrió paso a una luz fría pero tenue y cuando se atrevió a abrir los ojos vio que el hombre que estaba con ella se había apartado.

Era una enormidad de más o menos un metro noventa, de brazos anchos y musculosos, pecho gigante y espalda aún más grande.

Su piel era clara, casi colorada, y sus antebrazos se encontraban cubiertos por una fina capa de vello rojizo. Su rostro era intimidante y sólo se atrevió a mirarlo por un instante, tiempo suficiente para notar que el cabello a rape relucía como el cobre bajo aquella luz, al igual que sus cejas. Unas pecas uno o dos tonos más oscuras que el resto de su piel cubrían el puente de su nariz perfilada, y sus ojos eran oscuros como la noche. El rasgo más llamativo de aquel rostro era una cicatriz blanquecina que comenzaba cerca del ojo izquierdo y bajaba por el hueso de la mejilla hasta la altura de la comisura de su boca, de labios finos y rosados.

— No debes temer, pequeña. No pienso hacerte daño. Ya no. — La aclaratoria del final la impactó un poco y la hizo sobresaltarse. Con la mirada fija en un punto del suelo frunció el ceño y comenzó a respirar agitadamente por la nariz. Él se acercó lentamente y se agachó delante de ella, posando una de sus enormes y rasposas manos en una de las rodillas de ella. Con la otra mano alzó el mentón de la chica para que sus ojos se fijaran en los suyos. — ¿Cómo te llamas?

Dubitativa lo observó directo a aquellos ojos oscuros y, aunque sentía miedo, no dejó de mirarlo fijamente. — Lucía, — respondió con voz más firme de lo que creyó posible, aún con el ceño fruncido. No era su nombre real, sino el de su mejor amiga de segundo grado de primaria.

— Con que Lucía, ¿eh? — el acento que había notado al principio fue un poco más acentuado debido a la cercanía, aún así no lograba ubicarlo en algún país en específico. — No tienes cara de llamarte Lucía, pero no por eso voy a creer que me estás mintiendo. Eres una chica valiente y, además, se te nota que eres lista. — ¿Ruso? Tenía una extraña manera de pronunciar las erres.

— Mi nombre es Viktor, — continuó él. — Viktor Mikhail, tu humilde servidor mi hermosa Lucía. Besaría tu mano pero, lamentablemente no están a mi alcance en éste instante.

— Cuanta gallardía, — repuso ella con lo que, esperaba, sonara como una ironía.

Ese comentario causó un brote de risa genuina en aquel hombre, quien soltó su mentón y dio un paso atrás antes de caminar de nuevo hacia la puerta. Los pasos se detuvieron justo detrás de ella.

— Volveré luego para hacerte saber personalmente qué sucederá después. Pero, como dije, no debes preocuparte, pues no permitiré que nada malo te pase.

Ella quiso gritarle, decirle que era un mentiroso, un secuestrador y un montón de cosas peores. Pero antes de que tuviera tiempo de reaccionar una de las manos de Viktor se posó en su hombro, la enderezó y justo cuando la sorpresa se estaba asentando en su mente, aquella aura de negrura sofocante volvió a cubrirle el rostro.

No pudo evitarlo, gruñó y forcejeó contra sus ataduras en aquella silla quejumbrosa mientras los enormes y pesados pasos de Viktor resonaban en la habitación, anunciando que se retiraba. La puerta chirrió a sus espaldas y se cerró con un severo golpe que hizo acallar cualquier otro ruido que hubiese llenado la habitación un instante antes.

* * * *

El sonido de la puerta la despertó de golpe. Le dolía mucho el cuello y tenía las manos y las piernas entumecidas. Gimió un poco por el dolor, y pronto se arrepintió al escuchar la leve carcajada de aquel hombre, Viktor. Había vuelto como prometió en su visita anterior.

— Veo que te mantienes firme. Que buena chica eres, Lucía. — Viktor decía el nombre con un tono sarcástico que le hacía entender a ella que sabía la verdad, pero aún así parecía no importarle demasiado. — He venido a llevarte a un lugar un poco más... acogedor, si te parece bien.

Ella no contestó, se encontraba agotada, sedienta y hambrienta. Tenía los labios agrietados y sentía los ojos hinchados. En algún momento, antes de quedarse dormida, no había aguantado más y había sucumbido a un mar de lágrimas que desconocía era capaz de crear una persona.

Se acomodó lo mejor que pudo en la silla mientras los pasos se acercaban lentamente a ella. Viktor se detuvo a sus espaldas, escuchó un tintineo metálico que le resultó familiar aunque no pudo ubicarlo. Luego se escuchó el silbido de una hoja metálica al salir de su forro, un cuchillo o una navaja. Soltó un grito despavorido y se encogió hacia sí misma lo más que pudo, su cuerpo comenzó a temblar.

— No temas, no temas. — Le aseguró Viktor en un tono calmado, colocando una mano sobre su hombro. — Esto no es para lastimarte mi hermosa niña, es para liberarte de ésta silla.

Apretó los ojos con tal fuerza que vio destellos blancos aparecer en aquella espesa penumbra. Apretó también los labios firmemente para evitar soltar otro grito, y mientras su cuerpo temblaba de terror, sintió las manos de Viktor, expertas y conocedoras, trabajar en las ataduras de sus manos. El cuchillo, o navaja de enorme magnitud, se deslizó suavemente entre sus muñecas, y en un par de movimientos sintió que la soga cedía y la liberaba.

Pensó en defenderse como pudiera, pero tenía los brazos entumecidos y adoloridos, tanto que sólo pudo dejarlos caer a los costados de su cuerpo mientras su tórax sucumbía hacia adelante por el agotamiento.

— Ahora viene la parte difícil. Por favor, no pienses siquiera en hacer algo estúpido. Por tu bien, sabes que no te conviene. — Aquello era una amenaza, aunque había sido musitada en tono suave y conciliador, no era una tonta, entendía, aún en su estado de ligero aturdimiento, las implicaciones de aquellas palabras. No patearía incesante para liberarse. Aunque hubiese querido hacerlo, no creía ser capaz de lograrlo. Con un asentimiento de su cabeza respondió a aquellas palabras. — Buena chica.

Viktor repitió el procedimiento con las sogas que la mantenían atada de pies, y al liberarse abrió las piernas de lleno, olvidando que llevaba una minifalda puesta. El alivio que sintió era como una respuesta divina a una plegaria que ni siquiera sabía que había realizado.

— Ahora voy a sacarte de aquí, — la esperanza se asomó en su pecho. ¿Sacarla? ¿Adónde? ¿A otro lugar o de aquel lugar? Esperaba que él estuviera hablando de la segunda opción. Tomó una de las muñecas de la chica y aquel tintineo metálico tomó forma de repente. Al estar ambas manos unidas entre aquellas anillas no le quedó duda alguna de que se trataba de unas esposas.

Sintió que Viktor colocaba una especie de chaleco sobre sus hombros, para abrigarla seguramente, pero quiso creer que fue para cubrir un poco su parcial desnudez. Ante aquel gesto se sintió más desnuda de lo que nunca se había sentido en toda su vida.

— La máscara debe quedarse por ahora, lo lamento. Te ayudaré a salir de aquí. Puedes confiar en mi, ¿está bien? — Ella asintió nuevamente, sintiendo uno de los brazos de Viktor rodearla por la cintura y ayudarla a ponerse en pie.

No pudo evitar nuevamente el quejido ante el extraño dolor que sintió. Era como si miles de agujas se clavaran en sus piernas, todas a la vez. Se sentía débil y sus pasos trastabillaron un poco. Sólo logró mantenerse erguida gracias al fuerte agarre de aquel hombre.

— ¿Puedes hacerlo? — Preguntó él y por primera vez escuchó algo más en el tono de esa pregunta que la dejó preguntándose si acaso se estaba volviendo loca. Ésta vez no asintió, pero soltó un débil sí como respuesta.

Viktor la ayudó aún más y ambos dieron pasos lentos hacia la frescura del exterior de aquella habitación enclaustrada y con un fuerte olor a orina rancia. Sintió un poco de vergüenza pues, en algún momento tras horas de contener las ganas, había tenido que orinarse encima para aliviarse.

El recorrido pasó en silencio. Ella lo sentía como una presencia protectora, aunque sabía que no era ese el caso real. Él había sido todo un caballero hasta el momento, consciente hasta cierto punto y muy respetuoso. Ella sintió una extraña oleada de un sentimiento que no pudo identificar con claridad, pero se sentía un poco como la gratitud.

Entre quejidos transcurrieron los siguientes diez o doce pasos, haciendo que Viktor se detuviera por un instante.

— ¿Puedes continuar? — Preguntó de nuevo en aquel tono que tanto la confundía, aunque ésta vez era un poco más claro de qué se trataba: preocupación. Ella asintió tras un momento, sintiendo sus piernas recobrar algo de fuerza progresivamente. No podía andar por su cuenta aún, pero si podría seguir con la ayuda del hombre.

El camino los llevó a través de lugares extraños. Podía distinguir ligeramente contornos y colores detrás de aquella máscara. Creyó ver unas antorchas perchadas a unas paredes de roca, pero no estaba segura de eso. Escuchó ruidos, pasos de botas como las de Viktor, pesadas, recorriendo partes de aquella enorme mazmorra. Escuchó gritos y lloriqueos, súplicas aquí y allá. No pudo evitar sentirse enferma de nuevo ante aquello.

— ¿Qué va a... pasar con... los demás? — preguntó entrecortada, en parte por la debilidad física y el hambre que sentía, en parte temerosa de la reacción que pudiera tener Viktor. Él se mantuvo silente, no respondió. De haber tenido más fuerza habría insistido en que respondiera, pero no pudo hacerlo, por lo que se limitó a gastar su energía en caminar para salir de aquel lugar infernal.

En el transporte que la llevó hasta aquel lugar, un camión y después un barco, había escuchado a otras personas llorar de los nervios. Aproximadamente un día después de haber sido capturada, habían llegado a la costa en la que se encontraban, donde habían sido trasladados por separado y ella había sido puesta en aquella habitación.

— Ya casi salimos, sólo un poco más.

Sintió que las energías regresaban poco a poco a su cuerpo, aquellas palabras la llenaron de unas ganas incontenibles y, entre quejidos, había puesto mayor empeño en sobreponerse al dolor y al agotamiento que sentía.

Llegaron al pie de unas escaleras donde ella tropezó con el primer peldaño. Habría caído de bruces de no haber sido por la fuerza de Viktor quien la sostuvo fuertemente.

Ella pudo sentir la duda de aquel hombre, y cuando estuvo a punto de preguntar qué le sucedía, sintió que sus pies dejaban el suelo.

Intentó forcejear pero se recordó a sí misma que era inútil, y que él sólo trataba de ayudarla. El alivio que la invadió hizo que su cara se sintiera colorada.

Viktor subió los peldaños con ligereza, como si el peso extra que llevaba no estuviera ahí. Las escaleras formaban un caracol que se extendía por al menos unos dos o tres pisos. Estaba apenada a pesar de todo.

Cuando llegaron a la cima, Viktor la puso en el suelo de nuevo. Ella se disculpó sin saber realmente por qué, si era porque él había tenido que cargarla o porque ella se encontraba inmunda por el tiempo que tenía sin ducharse. A aquel hombre, sin embargo, pareció no importarle e inesperadamente, sintió que le plantaba un beso cariñoso en la coronilla. Era su forma de decirle que no se preocupara.

El fuerte brazo volvió a rodearle la cintura, pero ya había recuperado un poco mas de fuerzas. Caminaron otros cien metros, lo que pareció como un par de kilómetros en su estado actual, hasta detenerse.

— Ésta es la nueva inquilina de ésta habitación. Nadie sale, y sobre todo nadie entra más que Sebastian y yo. ¿Entendido? — A aquella orden respondieron dos sujetos en tono de soldados, con un acento muy similar al del propio Viktor.

¿Una milicia? ¿Paramilitares? ¿Y quién era aquel hombre del que él se estaba refiriendo?

Escuchó el crujido de unas bisagras y una enorme puerta de madera arrastrarse hasta abrirse delante ellos. Cinco pasos en esa dirección y las puertas se cerraron. Esperó por unos instantes, y entonces sintió que Viktor trabajaba en la máscara que cubría su rostro. — Eres libre, — susurró cuando la removió. Ella abrió los ojos con cuidado, cegada un poco por la cantidad de luz que le llegaba de todas direcciones. Parpadeó para ajustarse y cuando logró comenzar a enfocar su boca se abrió de par en par con un — wow — alargado por la impresión.

Delante de ella se extendía una habitación enorme, de al menos el tamaño de una casa pequeña. Enormes columnas blancas se extendían de piso a techo y eran rematadas en arcos majestuosos con detalles dorados. La luz del atardecer, pudo percatarse, entraba desde un altísimo tragaluz de cristal transparente y en forma de cúpula que se encontraba justo en el centro de la habitación. Plantas decorativas y de orígenes posiblemente silvestres se encontraban a los lados de enormes ventanales que se abrían de par en par para dejar ver un océano de color morado extenderse hacia el horizonte donde se fundía con el sol naranja del atardecer.

Viktor, aprovechando el estupor de la chica, quitó las esposas y se las colgó del pantalón mientras observaba, con una sonrisa en el rostro, la expresión de ella.

Se aventuró a dar un par de pasos por su cuenta, sintiéndose como una bebé ante la torpeza de sus músculos. El cansancio y el hambre habían dado paso a la curiosidad y la impresión absoluta. Aquel lugar era un espectáculo.

— ¿Te gusta? — Preguntó Viktor mientras se sentaba en algún lugar a la derecha de ella. Cuando giró para verle de lleno sus ojos se abrieron de par en par. Estaba sentado en el borde de una cama con capacidad para al menos unas diez personas. Estaba cubierta de sábanas blancas y cobertores aterciopelados en color vino, con almohadones cilíndricos de colores crema y blanco. Era algo impresionante.

— ¿Por qué me has traído a éste lugar, Viktor? — Fue su respuesta. Viktor se levantó de la cama y se acercó a ella lentamente, alargando los brazos hasta tomar sus pequeñas manos entre las suyas. Le plantó un suave beso en cada una.

— Me encantas. Eres una mujer maravillosa, perfecta. Quiero que seas mía.

— Ya soy tuya, — respondió ella con brusquedad, aunque sin apartar sus manos. Miró hacia un lado y hacia el suelo de granito blanco reluciente como espejo. Casi pudo ver la tristeza de su rostro reflejado en él. — ¿Acaso no pasé a serlo el día en que llegué a éste lugar?

— Querida, — Viktor cerró la distancia, soltó una de sus manos y la tomó de la barbilla, subiendo su rostro para que lo mirara. Ella evitó el contacto visual ésta vez. — Es cierto, eres mi propiedad ahora, lo siento. Pero no quiero poseerte de esa manera. Con el tiempo entenderás a qué me refiero.

Ella lo miró entonces, con la confusión viva en sus ojos color avellana. Él sonrió y le plantó un beso en la frente antes de soltar su mentón. Apretó su mano en la suya, y la jaló hacia un lado de la habitación.

— Ven conmigo, creo que deberías ducharte y cambiarte antes de comer un poco. Has de estar hambrienta y cansada.

Viktor la encaminó hacia una puerta de madera teñida de blanco, que daba hacia un pequeño cuarto de baño con una bañera de estilo antiguo, una regadera y el resto de accesorios de un cuarto de baño convencional. Todo era blanco y reluciente, pulcro y con un olor a flores que no lograba identificar.

— Te dejaré a solas para que hagas lo que necesites. Tómate tu tiempo. Me aseguré de que tuvieras todo lo que necesitaras para asearte. Éste es tu baño ahora, y aquella tu habitación.

* * * *

Cuando salió finalmente, lo que se sentía como un par de horas después, vistiendo un albornoz blanco y ropa interior limpia y nueva, Viktor seguía allí, observándola con una sonrisa en el rostro, medio echado sobre la cama.

— Hola, — le saludó fingiendo timidez. Ella sonrió girando los ojos y acercándose a él. Aún no se sentía del todo confiada, pero si sentía que podía confiar, al menos un poco, en aquel misterioso hombre.

— Hola, — repitió ella mientras se acercaba, y Viktor esbozó una enorme sonrisa que hizo que su rostro se suavizara y luciera un poco más joven. Se levantó de la cama y le hizo un gesto con la mano hacia uno de los rincones de la habitación en donde se encontraba una mesa para dos, servida con al menos media docena de bandejas de plata cubiertas.

— Esto es para ti, — dijo él con un gesto mientras sacaba una de las sillas de madera con un exquisito tallado de debajo de la mesa y le hacía un gesto para que se sentara. La chica caminó hasta aquel lugar y se sentó, ayudándolo a acomodar la silla nuevamente bajo la mesa.

— Eres muy amable, — dijo, sorprendiéndose de lo natural que había surgido aquello, y aún más de la honestidad que arrastraban sus palabras. Si creía que él era amable, pero algo estaba detrás de todo aquello. Aunque no le parecía una actuación, sintió que debía seguir siendo complaciente pero cautelosa. — Gracias.

Viktor le sonrió y tomó una de las bandejas descubriendo un sinfín de manjares que le hicieron crujir el estómago con un hambre casi dolorosa.

— Sebastian es el encargado de la cocina, y será quien cuide de ti cuando yo no pueda hacerlo. — ella asintió mientras tomaba, con algo de disimulada desesperación, la comida que estaba servida frente a ella. — No malinterpretes su papel en esto. Él será tu cuidador, solamente eso. Al final sólo yo puedo poseerte. Cuando me lo permitas, claro está.

Si es que te lo permito, pensó ella con algo de amargura mientras comenzaba a comer, olvidando sus modales para escuchar y satisfaciendo una de sus primordiales necesidades. Viktor destapó otras dos bandejas y dejó el descubierto otros platos con aromas suculentos y exóticos. Habían platos con pollo, cerdo, pescado, otras carnes que no supo distinguir, y platos típicos de algunos países y que eran bastante comunes en España, como sushi, arroz chino y fideos tailandeses.

Ella tomó un poco de cada cosa, y comió y comió hasta sentirse harta. Viktor, entretanto*, solo tomó una que otra cosa y comió en silencio mientras la observaba. Era fascinante como la veía. No era la típica mirada de una persona sanguinaria, ni la de un violador (idea que le había pasado por la mente cuando le había conocido), era más bien la mirada de admiración de alguien que te tenía aprecio. Ella pareció entender en ese momento a qué se refería con "poseerla."

— Entonces, — interrumpió Viktor cuando ella estaba por terminar su tercer plato. — ¿Te han quedado claros mis términos? — Preguntó mientras juntaba sus manos delante de su boca y se apoyaba en ellas. La joven asintió.

— Muy bien. Entonces, Lucía, — aquel tono sarcástico volvía a su voz ante la mención de aquel nombre. — ¿Podrías decirme tu nombre?

— Ya te lo he dicho, — replicó ella tras tragar un último bocado. De repente se sintió nerviosa al mentirle de esa forma tan descarada.

— Claro, lo has hecho, pero sé que no te llamas Lucía. ¿Por qué no me dices cuál es tu nombre real? Dejémonos de chorradas, como dicen ustedes los españoles, y tratémonos con honestidad. Yo ya lo estoy haciendo y no espero menos de ti.

Aquellas palabras la hicieron detenerse, pensar. Era cierto. Despiadado y todo lo que cruzara por su mente, Viktor se había mostrado respetuoso y atento con ella. Sus intenciones las había dejado claras desde el primer momento, lo que le hizo sentir un poco de vergüenza por querer hacerse la dura con él. Era una forma de protegerse a sí misma.

— Ana, — susurró ella, tan bajo que Viktor se acercó un poco para escucharla mejor. — Ana Victoria León, — repuso ésta vez con un tono más alto y mirando a Viktor directo a aquellos ojos oscuros. Él sonrió, complacido, y desvió su mirada hacia su plato para terminarlo, sin decir nada mas.

Capítulo 2

El sonido de las oxidadas bisagras de la pesada puerta de madera al abrirse la sacaron de golpe de su sueño profundo. Era la primera vez en días en la que dormía en una cama de verdad y, si de algo le valdría en el futuro, también era la primera vez que dormía en una cama de semejante tamaño y con esas suaves sábanas de algodón egipcio y seda.

Había preferido dormir desnuda, una vez que Viktor se había marchado, deseando sentir la suavidad de aquellas telas en su piel, disfrutar de aquel momento mientras pudiera hacerlo, aferrarse a la esperanza de que algo bueno sucedería si así lo deseaba.

Sabía que estaba bajando la guardia, pero no pudo evitar que el cansancio acabara ganando la pelea.

Bajo el fuerte marco de la puerta se encontraba él de nuevo, en persona. Sostenía una bandeja de plata reluciente que contenía platillos con comida de un olor exquisito y a la vez muy exótico, un vaso de cristal lleno de un jugo de naranja tan amarillo, y una taza que probablemente contenía café o té. La mirada de aquel sujeto, tan robusto y fuerte como la puerta que estaba a su espalda era casi vehemente. Sus ojos tenían un resplandor indescriptible que causaba la más extraña de las sensaciones en su cuerpo.

Ella, lentamente, se incorporó en la cama hasta quedar sentada, cuidando cubrir su cuerpo desnudo con la sabana de seda.

— Te traje el desayuno — finalmente dijo él mientras alzaba un poco la bandeja y tomaba un paso lento tras otro hacia el interior de la habitación, dejando la puerta abierta a su espalda. — ¿Has logrado dormir bien?

La pregunta era de mal gusto. A pesar de todas las consideraciones que había tenido con ella, habría logrado dormir mucho mejor en su propia cama, sabiendo dónde se encontraba y dónde se encontraría el día de mañana. Ella sólo se preocupó en mirarle fijamente a la cara. Asintió.

Viktor caminó nuevamente hasta la mesa donde habían cenado la tarde anterior. La misma se encontraba vacía, lo cual le hizo entrar un poco en pánico. Se había dormido tan profundamente que no había escuchado cuando retiraron todas las bandejas luego de que ella se fue a dormir. La idea la perturbó enormemente.

Él le hizo un gesto para que saliera de la cama y se le uniera en la mesa. Pero ella se cubrió un poco más con las sábanas, apretándolas firmemente contra su cuerpo. Viktor pareció comprender el mensaje y se giró para darle algo de privacidad. No era lo que ella esperaba, pero supo agradecer el gesto. Al parecer, aquel hombre no era tan malo como parecía en primer momento.

Luego de salir rápidamente de la cama y ponerse su ropa interior y su sujetador, se cubrió de nuevo con el albornoz y se aclaró la garganta, en señal de que ya estaba apta para que él la observara. Viktor se giró y le sonrío de nuevo. Ésta vez se sentó y la esperó en la mesa. Le pareció extraño que no imitara el gesto de la tarde anterior, pero no le prestó demasiada atención a aquello. Siempre que no abusara de ella, cualquier clase de buen trato sería aceptable.

— ¿Qué es lo que haces aquí, Viktor? — preguntó ella finalmente, llevándose un trozo de crepe rellena de queso crema, jamón y tocino. Viktor la observaba desde el otro lado de la mesa, con las manos juntas bajo su boca y con una expresión serena, casi de admiración.

— He venido a traerte éste delicioso desayuno. Pero lo admito, lo hice sólo porque deseaba mucho ver tu hermoso rostro de nuevo. — Ana se sonrojó y bajó la mirada tímidamente, acomodando un mechón de cabello detrás de su oreja mientras continuaba comiendo su desayuno, ésta vez con menos prisa que la tarde de ayer.

— Entendiste perfectamente mi pregunta, y sabes que no me refiero a eso Viktor. — Repuso ella con voz suave, y con una sonrisa en los labios. Viktor soltó una carcajada y se inclinó un poco hacia atrás sobre su silla.

— Eres increíblemente lista y astuta, me tienes muy impresionado, Ana Victoria León. — Con una amplia sonrisa dijo el nombre de ella y la observó de lleno, inclinándose nuevamente sobre la mesa para hablarle. — Soy mercenario, dirijo una pequeña milicia de ochocientos hombres — respondió él con tranquilidad. Ana tragó grueso. — Nos dedicamos a actividades diversas, pero nuestra principal fuente de trabajo es el tráfico mujeres para venderlas en los mercados negros internacionales de prostitución.

Ante aquella revelación inesperada ella se atragantó con un pedazo de huevo que acababa de llevarse a la boca, tosiendo fuerte. Viktor se rió de forma abierta.

— ¿Hablas en serio? — Para ella no era un chiste, por eso estaba ahí, para convertirse en una esclava sexual al servicio del proxeneta quien le pagará suficiente a aquel hombre por ella. La sola idea le produjo náuseas, y un fuerte dolor se instaló en la boca de su estómago, casi amenazando con hacerla vomitar los pocos bocados que había llegado a probar.

Viktor se encogió de hombros, girando la mirada hacia un lado y rascándose la nuca — Mucho me temo que así es, — respondió él con una sinceridad pasmosa, y una calma que lograba poner nervioso a cualquiera. ¿Sería ese entonces su destino? — No será ese tu destino, ya te dije que no te sucedería nada malo. — Repuso él a aquella pregunta tácita.

— ¿Por qué debería creerte? — Un poco más repuesta de la impresión inicial, siguió comiendo, sorprendiéndose de no haber perdido el apetito por completo.

— Porque eres mía, ¿lo recuerdas? Aún no lo ves, lo sé. Sólo soy el ruso amenazador que quiere violarte, ¿no es cierto? Así es como me ves pero, ¿cómo culparte? A fin de cuentas estás aquí porque fuiste escogida al azar, no porque yo así lo quisiera. Sin embargo en estos momentos te encuentras aquí, en ésta habitación porque YO lo deseo.

Sus palabras sonaban sinceras, lo cual resultaba un tanto extraño viniendo de una persona que hacía su vida de destruir la de los demás.

— Eres un hombre extraño, Viktor. — Sus ojos se quedaron fijos en los del ruso, y luego de un minuto de contacto se volvieron al plato de comida.

Viktor la miró por un momento más antes de levantarse de la mesa, con una sonrisa en los labios tan pequeña que ni la notarías si no la estabas buscando, y con dos pasos se dio la vuelta para salir de la habitación sin decir más. Al llegar al marco de la puerta escuchó la suave voz de la chica decirle — gracias, por el desayuno.

Sintió que una oleada de vergüenza le llenaba al haber sido tan débil y sentimental con aquel hombre despiadado. No sólo la había arrebatado de su vida, sino también de su país y de todo lo que le importaba en la vida. Sin embargo, estaba viva. Se preguntaba cuántas de las otras chicas estarían aún con vida o prisioneras en aquel lugar, y cuántas otras ya habrían salido al mercado negro para iniciar una nueva, e indeseada, vida. Se preguntaba cuántas habrían sido violadas, y por cuantos de los hombres de Viktor a la vez.

La idea le quitó por completo el apetito, ésta vez de forma definitiva.

Trató de beber su café pero, obviamente, no sabía cómo aquél último que había bebido aquél último día de libertad en su casa.

* * * *

El día se le había pasado tan lentamente que creyó que nunca acabaría. La noche había tardado en llegar mas de lo que había esperado, y sumada a la falta de un reloj no tenía ni idea de cuánto tiempo llevaba cautiva. A pesar de los buenos tratos de parte de Viktor, sólo quería salir de ese lugar y volver a casa, con sus problemas e imperfecciones, pero libre. La gente no valoraba la libertad hasta que la perdía. Ella era una de esas personas, admitió con culpa.

Anteriormente se quejaba por todo. Decía que sus padres no la dejaban vivir de la manera en la que ella anhelaba; que siempre estaban buscando controlarla y que la tenían cautiva dentro de su propia casa. En perspectiva, aquel prospecto de "cautiva" no estaba tan mal. Al menos allá no estaba propensa a convertirse en la propiedad de algún cabrón acaudalado y sin escrúpulos que utilizaba a las mujeres como máquinas de hacer dinero fácil. Sucio, pero fácil a fin de cuentas.

No había visto a Viktor desde el desayuno. Un joven bastante educado se había encargado de atenderla el resto del día, sin necesidad de presentación supo de quien se trataba: Sebastian, el hombre al que había mencionado Viktor el día anterior a los guardias de la puerta. Era un poco mayor que ella, pero no demasiado, no habría de tener más de veinte o veintidós años. Era rubio, de piel clara y ojos azules, siempre llevaba una sonrisa amable en el rostro y era servicial y muy cortés y educado. Tan caballero como el hombre de cabello rapado.

Utilizaba un pantalón negro de cintura alta y una camisa de seda blanca con mangas largas, acompañados por zapatos de charol* lustrados hasta brillar. Al parecer era más que el encargado de la cocina, pues le entregaba a ella recados que había dejado el ruso antes de marcharse.

— El amo Viktor se marchó hoy en un viaje que durará aproximadamente una semana. Deberás estar lista para cuando él regrese. Pero no pienses en ello el día de hoy, ya podrás preocuparte por lo que me refiero el día de mañana. Considera el resto del día como unas merecidas vacaciones.

Sebastian, o Sebas como ella había optado por decirle, le contó que se encontraban en una propiedad privada en medio del océano, alejados de la civilización. Dicho lugar era el centro de las operaciones ilegales que coordinaba Viktor, además de su residencia principal y oficina. El resto de los negocios "no tan turbios" eran tratados sobre la marcha durante sus viajes.

No le dio nombre ni ubicación de aquel lugar, pero al menos ya sabía con certeza lo que había sospechado aquella noche en la que casi se vomita de mareos dentro de aquella capucha de negra oscuridad. Habían atravesado el mar por lo que se sentía como interminables horas.

A pesar de que la habitación ofrecía muchos lujos, el entretenimiento, o la comunicación con el exterior, no eran parte de ellos. La extravagante decoración incluía bustos de seres casi mitológicos, un humano con cabeza de elefante que había sido capaz de reconocer, más no de identificar, se sentaba en una esquina alejada de la cama, observando con ojo protector toda la habitación. Aquella estatua la hizo percatarse de que, contrario a lo que habría pensado, no habían cámaras de seguridad por ninguna parte.

Miró a cada rincón del lugar, pero la inspección no arrojó resultados positivos. Llegó a considerar que Sebas, aparte de atenderla, estaría encargado de vigilarla también, y aunque dudaba que aquello fuera cierto, quizás el trato amable que le profería* no era más que una fachada para sacarle información relevante, o para hacerla parte de un macabro experimento al más puro estilo de una de esas nuevas y asquerosas películas de horror sangriento.

El resto de la inspección reveló lo acaudalado que era aquel hombre: las columnas eran de marfil, y los detalles dorados no eran pintura, sino oro de verdad. Cada superficie estaba curada con el mayor de los cuidados que había visto en su vida, y todo era un espectáculo. La mesa del pequeño comedor era de una madera oscura. Pensó que se trataba de roble, pero al desconocer realmente sobre maderas abandonó su intento de identificarla y se asentó con la idea de que era muy delicada y robusta a la vez.

El diseño de las sillas, visto con mayor detenimiento, detallaba rosas, caballos y armas antiguas en un conjunto de líneas y arcos que complementaban el sobrio diseño, además de resaltar bajo el barniz blanco que las cubría.

Las cortinas parecían sacadas de un taller Hindú, con tejidos laboriosos y detallados, con una calidad increíble y una delicadeza que en su vida había presenciado. Se sintió como una pordiosera al recordar las cortinas de su habitación, en Cataluña*, y pensó que no eran nada que se pudiera comparar con todo lo que tenía alrededor.

Incluso las macetas de las plantas que se encontraban dentro de la habitación rebosaban de lujos y detalles relucientes que podían ser motivo de envidia para cualquier ama de casa. Ella tan solo se sentía sobrecogida por aquella belleza que acentuaba la perfección del paisaje que se veía a través del ventanal de dos metros que cubría una pared entera de la habitación.

La misma se encontraba enrejada, pero lejos de parecerse a los barrotes oxidados y lúgubres de una vulgar prisión, los mismos brillaban con más de aquella ostentosidad que la envolvía desde todos los ángulos. Una rápida inspección le demostró detalles en relieve en los barrotes, el que más le gustó fue el de las cabezas de leones en miniatura, con las fauces abiertas, dejando salir un rugido sordo al exterior, ahuyentando las malas energías de aquel lugar casi inmaculado.

Desde ese ventanal podía ver la costa, lo que parecía ser un bosque y parte de la estructura donde se encontraba. Frente a ella volaban, libres, aves tropicales de hermosos colores y majestuosos tamaños, que llegaban incluso a posarse a un palmo de distancia de donde ella se encontraba. Allí se quedó, inmersa en aquella hermosa vista hasta que el sol comenzó a ponerse. Le dolía el cuerpo por las posturas que había adoptado a lo largo de las horas, y el rostro y los brazos le ardían un poco por el resplandor que había recibido.

No podía negarlo, se sentía afortunada, en una extraña manera que la hizo dudar de su cordura. Sebas le estuvo trayendo golosinas y bebidas deliciosas durante todo el día, pero ella, un tanto nostálgica, había evitado comer y beber demasiado de lo que recibía. Sentía que debía mantener la guardia en alto, y a pesar del paisaje no había podido sacarse las ideas de un futuro horrible de la cabeza.

Caída la noche, finalmente pudo tranquilizarse. Las ideas de conspiración fueron quedando relevadas por la realidad de la situación. Si la querían muerta, violada o en el mercado de esclavos más cercano de donde fuera que se encontrasen, no la tendrían en aquel lugar y bajo aquellos mimos exagerados. Pensó que podría tratarse de una trampa maquiavélica, en la que Viktor ganaba su confianza para después deshacerse de ella y disfrutar de su sufrimiento.

Aquella idea no le gustaba nada.

Cuando finalmente logró apartar las ideas de su cabeza lo suficiente para dejar que Morfeo hiciera su magia, ya se encontraba envuelta entre las sábanas de aquella inmensa cama, vestida con piezas de lino y algodón que le brindaban un calor agradable dentro de aquella situación tan desagradable dentro de la que se encontraba. Había dejado el ventanal abierto, y desde la cama podía ver parte del cielo estrellado y escuchar el canto de algunas aves rezagadas que volaban en dirección a sus casas. Sintió un golpe de ironía pero no perdió las esperanzas, tampoco se permitió derramar una lágrima.

Mientras siguiera con vida estaría bien. Y ella estaba dispuesta a hacer lo que fuese por permanecer de esa forma.

* * * *

La música de la discoteca sobaba tan fuerte que los bajos retumbaban en su pecho. La emoción le engordaba el corazón con júbilo y el licor le calentaba desde el estómago con una sensación de libertad como nunca antes había sentido. ¡Por fin cumplía dieciocho años! En dos semanas se iría a Sevilla para estudiar leyes como siempre había querido, y esa noche lo que importaba era que la pasará de una forma que nunca olvidara.

Se encontraba con sus amigas Sofía y Cristina. Raquel había llevado a su pareja, una chica llamada Jacqueline y también se encontraba con ellas la malagueña, Lara. Todas formaban un grupo tan pintoresco que eran difíciles de ignorar. Todos las miraban como si se tratarán de unas presas deliciosas entre una jauría de perros hambrientos. Se sentía como si quisieran una parte de ellas, y ella estaba clara de qué parte de ella deseaban, sobre todo aquel tío guapísimo que se encontraba en la barra y la observaba con una intensidad casi calcinante.

Sus ojos azules no dejaban de verla en la distancia. Vestía una franela blanca y ceñida que resaltaba el contorno de sus músculos esculpidos. Su pelo rubio casi al rape hacia que su varonil rostro se viera un poco más peligroso de lo que en realidad era. Tenía entre veinticinco o veintisiete años como mucho. Y no dejaba de mirarla.

Nunca había sido atrevida con los hombres, no era natural para ella como lo era para Cristina, pero alguna vez tendría que intentarlo, además aquel chico estaba como para hacer la primera locura de su vida sin arrepentimientos.

Así, luego de varios tragos y un par de tequilas que la quemaron como si hubiese tomado "un tiro" de acero fundido, el valor (o la estupidez) llegó a ella. Tratando de disimular su borracho tambaleo se acercó a la barra, disimuló pedir un trago y miró al chico de reojo. Su barba de dos días era ligeramente rojiza, y tenía pecas de un color ligeramente más oscuro que el resto de su piel bronceada que salían de debajo del cuello de su franela. Era el hombre perfecto.

Conversaron durante un rato, luego de que ella se dejara convencer de que él le invitara el siguiente trago. Fue así como tres tragos después se encontraba un tanto más borracha que hacía una hora atrás, riendo como una tonta y tomada de la mano de un desconocido. Un desconocido muy sensual.

Atravesaron la discoteca para llegar a la puerta trasera del local y salir al callejón de servicio donde el aire frío y húmedo se mezclaba con el olor a orina y basura del callejón, junto con el vapor que escapaba de una coladera que se encontraba a un par de metros de ellos.

Estaba en las nubes, a punto de tener su primer encuentro sexual y sería de ésta manera, furtivo, rápido y sin romance. Al menos el hombre con el que había salido y estaba a punto de tener relaciones parecía bastante capaz de complacerla.

Se acercó a ella y la rodeó con un fuerte brazo y la trajo hasta si, haciendo que su cuerpo se fundiera en aquella masa de firme musculatura de un metro ochenta. Pudo sentir el bulto del miembro de su compañero y sintió el nerviosismo y la anticipación ante lo que pasaría.

Él se acercó a su oído para susurrarle algo, ella estaba a punto de reventar de ganas, y...

— Despídete de tu vida, preciosa.

El corazón se le detuvo cuando su acompañante la soltó y empujó suavemente hacia atrás mientras daba un paso para alejarse. Su sexy rostro mostró una sonrisa despiadada que desapareció ante una pared de sofocante oscuridad.

Intentó gritar y luchar para defenderse y soltarse, pero unos brazos fuertes la tomaron y la alzaron en peso, llevándola sobre su hombro a través de aquel callejón, para luego arrojarla de bruces dentro de un vehículo y marcharse. El chirrido de las ruedas de un camión fue lo último que escuchó.

Capítulo 3

El grito escapó de su boca de forma involuntaria, pero no era uno poderoso. Era más bien uno quejumbroso y lleno de terror; el de una chica que sufriría al recordar aquella noche por el resto de su vida, como una condena. Manoteó alrededor de su cara y pataleó contra la cama con fuerza mientras se incorporaba rápidamente. Aún podía sentir los fuertes músculos del tipo que la secuestró. Aquella sensación había quedado impresa de forma permanente en su memoria. No creyó que hubiese dormido tanto, pero se alegraba de que la noche ya hubiese terminado.

Su corazón latía a un paso desbocado, casi dolía un poco, y mientras jadeaba para intentar recobrar la calma pudo recordar fragmentos de aquella noche y del terror que se apoderó de su mente al haberse dado cuenta del terrible error que había cometido: confiar en aquel hombre tan atractivo y misterioso que la había seducido y llevado a aquel callejón en el que respiró el asqueroso aroma de la libertad por última vez.

Era como la recordaría, llena de humedad y basura, con olor a orina rancia entremezclada con el vapor de las coladeras y el frío del viento nocturno. Lamentó por un momento aquella actitud, pero aceptó de inmediato que lamentarse no iba a sacarla de la situación en la que se encontraba metida.

En lugar de sentarse a lamentar lo ocurrido, pensó en idear un plan para escapar de aquel lugar. No había visto nada más desde que había llegado. Tan sólo conocía las cuatro paredes entre las que se encontraba recluida.

El ventanal que la calmó la tarde anterior no podría ayudarla. A pesar de ser enorme, también estaba reforzado con barrotes que impedían que pudiera escapar por allí, además de encontrarse muy por encima de una altura segura para lanzarse, de haber tenido la oportunidad de usarlo como vía de escape.

El sol comenzaba a asomarse desde algún punto. Los rayos le daban un toque de majestuosidad a la vista que ofrecía aquel ventanal que se interponía entre ella y la libertad. La luz entraba libremente a través del tragaluz del techo, cubriendo el lugar con un aura mística y casi relajante.

Por un momento pensó en sentarse en una esquina y ponerse a llorar, pero nada lograría resolver con eso. Se preguntó qué estarían haciendo las chicas, si estarían preocupadas por ella. No pudo evitar pensar en el dolor que habrían de estar sintiendo sus padres ante su desaparición. Habían pasado apenas tres días desde que había desaparecido, y se imaginaba la angustia que habrían de estar viviendo sus padres: mientras su madre lloraba en algún rincón de la casa, su padre estaría ahogando su dolor en el licor.

Ella era una mujer sensible y depresiva; su padre había sido un alcohólico, pero luego de años de terapia ambos se habían recuperado bastante bien. Ahora, sumado a la culpa inicial, sentía la culpa de ser la responsable de causarle a sus padres una, posible, fuerte recaída en los síntomas que habían luchado durante tantos años para erradicar de sus vidas.

Finalmente no pudo evitarlo. Se encogió sobre la cama, rodeando sus piernas con sus brazos y anidando su rostro en las rodillas. Comenzó a llorar.

* * * *

Pudo notar que la mesa del área del comedor estaba repleta de deliciosos manjares para picar una vez que salió de darse una larga ducha caliente que la tranquilizó un poco. Tras coger un puñado de almendras y volver a la cama, se detuvo a pensar en cuál podría ser aquella idea que le otorgaría la felicidad.

En términos generales existían dos posibilidades: la primera era escapar y esperar salir con vida de ese lugar. La segunda era un poco más retorcida, pero por como marchaban las cosas quizás podría ser la única manera de lograr salir de allí y vivir para contarlo: necesitaría demostrarle a Viktor que era de fiar. Y aunque no tenía idea de cómo lograrlo con palabras, quizás podría hacerlo con acciones. A fin de cuentas se notaba que aquel hombre estaba muy interesado en ella. Quizás podría usar eso a su favor. Pero un movimiento en falso y acabaría siendo el juguete sexual de un escuadrón de hombres y después, quizás, la hamburguesa de cena para los sabuesos.

No eran opciones que le apetecieran demasiado y tal vez los riesgos eran bastante elevados, pero las probabilidades de tener éxito eran más que suficiente para que la determinación, que no sabía tenía, le llenara desde algún recóndito lugar en su interior hasta hacerla sentir un poco más segura de sí misma.

A pesar que su captor era claramente un hombre de fuerza bruta, también era cierto que un estúpido no era. Nunca lo sabría hasta que pusiera su plan en marcha, pero tendría que hacerlo de forma paulatina. Demostrar demasiado sus intenciones arruinaría el posible desenlace positivo para ella.

Entonces, en lugar de quedarse en la cama y pensar en lo lamentable de su situación se puso de pie y a pensar en qué debería hacer. Recordó las sabias palabras de su padre, aquel primer día de prácticas de ballet siendo apenas una niña de cinco años: — *debes esforzarte al máximo de tus capacidades,* — le comentó él, con voz firme y consoladora ante los claros nervios que ella recordaba haber sentido en aquella oportunidad. — *Tu cuerpo tal vez no pueda soportar toda la presión a la que se verá sometida de ahora en adelante, pero tu mente será capaz de hacerlo soportar toda la presión que tú le permitas.*

En aquel entonces sus palabras habrían sido raras, incomprensibles. Se sentía agradecida de aún poder recordarlas, y ahora más que nunca entenderlas. Acabó sus almendras y se arrojó al suelo, dónde comenzó a preparar su cuerpo con las rutinas de entrenamiento que seguían grabadas en su mente. Nunca sabría qué estaría por venir en su camino. Tendría que estar preparada.

* * * *

La tristeza y la melancolía ya habían dejado su cuerpo casi por completo, lo mismo que el terror constante que amenazaba con causarle una crisis nerviosa. Poco a poco iba reuniendo fuerzas y valor, y cada mañana repetía aquellos entrenamientos de ballet que tuvo de niña y se esforzaba al máximo por completarlos.

Aquella mañana había sido él, Viktor en persona, quien le llevara el desayuno, exótico como los anteriores. Habrían pasado ya cinco días desde que llegó a aquel lugar, dos desde la última vez en que había visto al ruso en persona. Le ofreció una sonrisa agotada cuando él entró a la habitación, habiendo ella terminado a medias su entrenamiento de flexibilidad. Secaba el sudor con una toalla mientras se acercaba a él.

— ¿Has estado entrenando? — Inquirió él, mirándola de arriba a abajo con los ojos y una pequeñísima sonrisa en la comisura de los labios. Ana no respondió, sólo cerró la distancia y tomó la bandeja de plata de sus manos, llenándose de valor y plantando un rápido beso sobre la mejilla cubierta de una barba de tres días. Viktor quedó impactado, de una buena manera al menos. Punto para Ana.

— Gracias, estaba hambrienta, — fue la respuesta que le dio ella en vez, sentándose rápidamente en la mesa y dejando al hombre parado cerca de la puerta con la expresión de impresión en su rostro. Internamente rió. Él quizás quería que ella jugara el papel de la chica débil, pero no lo haría. Su padre le había enseñado mejor que eso.

Después de unos instantes Viktor finalmente salió de su asombro, cerró la puerta a sus espaldas y se acercó a la mesa para sentarse justo frente a ella, luciendo una sonrisa algo más animada en su duro rostro. Ana no podía negarlo, era un hombre realmente atractivo. Dadas las condiciones adecuadas, sus pensamientos hacia él podrían ser otros.

El desayuno de ese día constaba de un postre con mango similar a una jalea, o al menos ese era el único nombre que había podido darle al "paté de mango silvestre" que Viktor le había traído acompañado de tostadas francesas barnizadas con miel y canela, té de arándanos y menta y, su favorito, un muffin de chocolate y manzana. Era una reina, aunque un tanto preocupada y encerrada.

— Lamento mucho mi repentina ausencia. He tenido que cumplir con compromisos, — comentó Viktor cuando ella comenzaba a morder el segundo trozo de tostada francesa. Al verlo, su cara mostraba un extraño cansancio; además de eso todo seguía luciendo tal como ella recordaba.

— No te preocupes, han estado cuidando bien de mi. Tal como lo pediste, Viktor.

— Me alegra mucho escuchar eso. Deseo conservarte y mantenerte contenta y saludable para mi. Sebastian ha estado haciendo muy bien su trabajo. Se te ve muy fresca y relajada, mi hermosa Ana.

Sus palabras causaban un extraño revuelo en su vientre, una mezcla entre nerviosismo y algo aún más aterrador: ¿placer? Algo seguramente estaba mal en su cabeza. Aquello que tenía que ver con el Síndrome de Estocolmo, o algo así.

— Me alegra que así lo hagas. Eres muy bueno conmigo, — su mirada estaba llena de honestidad que, ella esperaba, era fingida. A fin de cuentas aquel hombre había sido responsable de cosas terribles. — Imagino que has estado...

— Oh no, no. Por favor — repuso él rápidamente a la simplicidad de su pregunta, al hecho de que él sólo le había dicho que se dedicaba al tráfico de personas. — También me dedico a la compra de obras de arte y cultivar algunos negocios "no tan sucios". Verás, no soy tan malo como aparento. Me ves como un sanguinario y despiadado hombre con acento español extraño, que se gana la vida destruyendo las vidas de los demás. Y sí, es cierto hasta un punto; es una culpa que cargaré por el resto de mis días o hasta la eternidad, pero también tengo ese lado amable. No siempre fui de ésta manera.

Sus palabras quedaron flotando en el aire mientras sus pensamientos divagaban en otra dirección durante un largo minuto, y mientras sus ojos permanecían quietos en un punto fijo de la enorme habitación, ella fue capaz de detallar mejor el rostro de aquel hombre.

Su piel blanca estaba coloreada con muchos regueros de pecas de tonos más o menos oscuros que su tono normal. Su cabello, aunque adquiría una coloración ligeramente cobriza cuando el sol le daba de frente, era en realidad marrón. El puente de su nariz tenía pecas igualmente que resaltaban la profundidad de sus mejillas, no exageradas, pero sí lo suficiente como para hacerle parecer uno de esos modelos de revistas.

Sus labios de un intenso color rosa eran asimétricos: el inferior ligeramente más voluptuoso que el superior y aún así se veían tan masculinos que lograban mantener la imagen robusta sin interrupciones de continuidad. Su mandíbula estaba dibujada con un simetría casi perfecta, y estaba cubierta por una leve capa de vello que relucía como cobre bajo los rayos del sol del tragaluz que estaba sobre ellos, tal como su cabello.

Sus ojos eran de un marrón bastante oscuro, no negros como había pensado en un principio, pero si muy oscuros bajo la luz normal, como los de un animal. Como los de un oso, sí. Aquella comparación le sentaba un tanto bien.

A simple vista era bastante guapo, casi podría decir que hermoso. Su rostro perfecto estaba, sin embargo, marcado con aquella cicatriz blancuzca que había notado la primera vez. Tenía los bordes ligeramente irregulares, como si se hubiese tratado de un corte que fue suturado con algo de prisa.

— ¿Por qué haces todo esto? — se atrevió a preguntar ella por fin, luego de un minuto de silencio. Los ojos oscuros de Viktor se centraron de nuevo en el rostro de ella y se quedaron mirándola fijamente.

— Como te dije, me gano la vida...

— No, — interrumpió ella. — ¿Por qué me tratas de ésta manera? ¿Por qué soy diferente para ti? Y no... no me malentiendas. Sólo tengo mucha curiosidad por saber qué es lo que me hace especial. ¿Soy una especie de capricho? ¿Qué va a pasar conmigo cuando ya no te sirva para nada?

Su mente había perdido el control de su lengua. Para cuando se había percatando de su error ya había pronunciado cada una de las palabras que hubiera preferido no decir nunca.

Estaba muerta.

Viktor la observó, con una expresión indescifrable, por unos instantes. Después de un momento, suspiró y dijo: — me temo que no puedo responder a esas preguntas. No lo sé, quizás si seas sólo un capricho, que con todo mi poder y grandeza soy capaz de tomar lo que quiero. Y eso que quiero en éste momento eres tú.

¿Qué era lo que quería realmente de ella?

Levantándose de la silla Viktor se le acercó, cerrando la distancia entre ambos. El aroma que azotó la nariz de Ana fue algo tan masculino que creyó no sería capaz de tolerarlo: una mezcla entre el almizcle natural y su caro perfume de diseñador, el cual no logró reconocer.

Una mano enorme se posó en su mejilla con delicadeza, haciéndola tensar y girar el rostro instintivamente en la otra dirección. Para su sorpresa, tan sólo sintió los labios de Viktor sobre su mejilla, posándose en un beso suave y corto, incapaz de obligarla a hacer algo que ella no quisiera.

La impresión la hizo abrir sus ojos de par en par, y aunque no era la primera vez en que él la besaba de forma cariñosa, no pudo evitar sonrojarse por el alivio que sintió de que eso fuera todo.

Viktor la dejó, con una sonrisa en su rostro, la cual sólo se ensanchó un poco ante la expresión de sorpresa en la cara de la joven. —Eres perfecta. — Le comentó antes de salir de la habitación.

Ana se quedó mirando hacia la puerta, que acaba de cerrarse, con incredulidad. ¿Qué acababa de suceder? No entendía el motivo por el cuál se encontraba tan preocupada y confundida. Su corazón latía un poco más fuerte de lo normal, sus manos temblaban un poco y aquel lugar donde Viktor le besó casi le ardía.

Parpadeó hasta sacudirse el estupor, sacudió la cabeza y se frotó el rostro casi con rabia para quitarse esa sensación tan agradable que había dejado allí aquel hombre odioso y perfecto, malvado. Fue entonces cuando notó algo que relucía sobre la mesa, justo en el borde de la bandeja de plata. Notó un pequeño cuaderno forrado en cuero y con detalles en oro, al mas puro estilo de Viktor. De la esquina superior sobresalía un pequeño papel con una nota escrita a mano, un tanto difícil de entender.

Ella la leyó en voz baja: — sé muy bien lo difícil que es encontrarse cautivo contra tu voluntad. Aún no lo sabes, pero siento más empatía por las personas en tu situación de lo que creerías jamás. Escribir me ayudó a superar aquellos días. Espero pueda hacer lo mismo por ti. Viktor.

Ana observó la nota mientras cogía el pequeño cuaderno con la otra mano, dubitativa. ¿"Me ayudó a superar aquellos días"? La idea en sí era tan bizarra que consideró que se trataba de tan solo un juego para convencerla de que no era tan malo como aparentaba.

Retiró el candado abierto del seguro de la tapa y lo abrió. Dentro se encontraba una hermosa pluma fuente, y las páginas estaban cubiertas intencionalmente de manchas amarillentas y decoloraciones, al más puro estilo de un libro antiguo recién descubierto.

No pudo evitar sentir un poco de gratitud ante aquel gesto tan pequeño.

Capítulo 4

Octubre, 16.

El pequeño regalo de Viktor me ha permitido escribir mis pensamientos en éstos tiempos de extraña soledad. Este aislamiento me ha hecho propensa a saltar entre un estado de ánimo y otro, siendo los más recurrentes el miedo y la ira. Aunque sé que es posible salir de ésta situación no sé bien bajo qué condiciones lo haré. Viktor cada día se comporta de una manera más cálida conmigo. Incluso ha mencionado que dentro de poco podría salir a tomar algo de sol en su piscina. ¡Que mono!

Y aunque me brinda un poco de alegría pensar en la (escasa) libertad que podría tener en pocos días sigo sin poder dejar de pensar en aquella libertad plena que tenía. Me niego a olvidarme del pasado y resignarme totalmente a éste presente. Aunque quizás sea lo más sensato por hacer, no quiero dejar a un lado ese pequeño rayito de esperanza al que me aferro con todas mis fuerzas.

Por el contrario, no la estoy pasando mal. Son las vacaciones más extrañas que he tenido nunca en mi vida. Han sido la mezcla entre placeres culinarios y una prisión u hospital mental. El aislamiento nunca ha cesado. Se siente un poco como las prisiones a las que envían a los artistas que rompen la ley en España.

Con la excepción, claro está, de que no soy artista y que tampoco he quebrantado la ley.

Con cada día transcurrido, y cada entrada que escribo en mi cuaderno me doy cuenta de lo natural que resulta esto para mi. Todo, incluso estar reclusa contra mi voluntad. Lo asumí de forma casi inmediata, y al momento en que no fui víctima de la violencia comencé a sentirme parte de éste lugar. En cierto modo, me siento "segura" del mundo exterior. En ésta pequeña burbuja en el medio de sólo – dios – sabe – donde, y dónde Viktor, sin pensarlo, me ha convertido en su "Belle", y yo sin mayor resistencia he aceptado serlo.

Era la primera vez en la que se sentía tan solitaria en aquel nuevo lugar. La luz intensa del sol de mediodía entraba a través del tragaluz del techo, inundando la estancia con un brillo, a veces, cegador, y cargando el aire con un calor húmedo bastante desagradable, y que por primera vez sentía en aquel lugar.

Dejó su pequeño cuaderno sobre la cama, no sin antes colocarle el candado dorado en forma de corazón que tenía, para evitar que cualquiera que entrara a la habitación pudiese husmear en su contenido sin ella notarlo. No había escrito nada comprometedor, o al menos eso pensaba, pero no estaba de más mantener un poco de "seguridad extra" en cuanto a la única pertenencia de valor que tenía disponible se trataba.

Viktor había salido nuevamente, hacían ya dos días, pero le había prometido que cuando volviera podría salir con él a tomar el sol en la piscina de la propiedad.

Nunca la había visto por completo, en realidad sólo había visto aquel pequeño y oscuro cuarto en el que la había conocido Viktor, y los pasillos que difusamente pudo ver a través de la máscara que cubría su rostro justo antes de venir a parar a la habitación en la que se encontraba. Su historia era tan parecida a la de Rapunzel y a la de Belle de "La Bella y la Bestia" que era casi un mal chiste. No era una princesa, pero sí se encontraba encerrada contra su voluntad y en un peligro que, aunque no se sentía inminente, podría serlo en cualquier momento.

Más temprano ese día, luego de entregarle el desayuno, aquel joven, Sebas, como ella le había apodado, le había comentado un poco sobre la vida en la isla (estaba en una isla, al fin tuvo algo de certeza sobre su paradero) y aunque no fue demasiado explícito con los detalles, le dejó saber que se encontraban en una pequeña isla en el Pacífico, propiedad del mismísimo Viktor, donde él tenía su oficina central y llevaba a cabo gran parte de sus negocios "no tan sucios". A pesar de dedicarse a lo que hacía tenía un gran corazón y trataba a los suyos como si fueran de su familia.

No pudo evitar preguntarse cuánto de aquello sería cierto. Si bien se trataba de un hombre que hacía cosas moralmente muy incorrectas, también era cierto que había sido muy atento y cariñoso con ella.

* * * *

Esa tarde recibió nuevamente la visita de Sebas quien, con noticias sobre su futuro en la isla, la sacó de sus pensamientos, y le entregó un par de bolsas llenas de ropa nueva y dulces. No se trataba del típico secuestro, de eso ya no había duda.

— Traigo algo más de parte del amo. Sólo prométeme que no te emocionarás demasiado.

Con el corazón emocionado asentó positivamente a la solicitud del joven, quien sacó de su bolsillo un pequeño teléfono celular. El corazón le dio un vuelco en el pecho, primero de alegría y luego de decepción. Viktor no sería tan estúpido como para entregarle un medio para que se comunicara con el exterior.

— Sólo recibe llamadas. Las llamadas que intentes hacer serán cortadas de inmediato y Viktor lo sabrá. Te recomiendo que no lo hagas pues podría enojarse, y no creo que quieras conocer ese lado suyo. Él es muy benevolente con aquellos quienes le son fieles. Te aseguro que si llegas a ganar su confianza... — pero dejó la frase sin terminar. Pudo haber querido decir cualquier cosa, pero ella quiso creer que le diría que Viktor la dejaría ir si ganaba su confianza.

Era poco probable que así fuera.

— Entonces, ¿recibiré las llamadas de Viktor?

— Así es. Siempre que el quiera podrá llamarte. Te recomiendo contestarle. Habla con él. No le tengas miedo. Te aseguro que si quisiera hacerte daño u obligarte a hacer algo que tú no estuvieses dispuesta a hacer ya lo habría hecho.

Ana sintió un poco de miedo ante esas palabras, pero tuvo su idea sobre Viktor reforzada: no querría encontrarse con el mal humor de aquel hombre pues temía que le hiciera daño de verdad.

* * * *

La mañana siguiente era completamente distinta a la anterior. El sol , aunque alto en el cielo, no hacía mas que entibiar un poco la fresca brisa proveniente de la costa, la cual acariciaba su cabello y su rostro, iluminándola y llenándola de una paz que no había sentido en meses.

Se encontraba ahí, afuera por fin de aquella habitación, sintiendo el sol por primera vez sobre sus hombros desnudos, lamiendo y recalentando cada centímetro de su cuerpo. La brisa marina traía consigo aquel emblemático aroma que no hacía más que engrandecer su alegría.

Era libre, al menos de una forma un poco mas permisiva. Viktor se encontraba justo detrás de ella, la observaba cuidadosamente con una expresión de cariño. Ella lo ignoraba, su presencia ya no era una incomodidad total como en aquellas primeras ocasiones, pero tampoco era algo a lo que ya estuviese habituada del todo.

— Te ves feliz, — comentó él. Y sí, era cierto. Lo estaba, por primera vez en mucho tiempo. ¿Tan fácil así de leer era?

— Lo estoy, Viktor. Gracias — quiso decir que por primera vez desde que fue capturada se sentía feliz, pero no quiso ser grosera. Había logrado dar un gran paso y no estaba dispuesta a que la encerraran de nuevo en aquella habitación palacio que le "pertenecía", o peor aún, en aquel hoyo del cual Viktor la había sacado. — Eres un hombre de extrañas bondades, Viktor Mikahil.

No quería creer demasiado en aquello, más sin embargo estaba segura de que debajo de aquel exterior de piedra existía un hombre incomprendido y quizás torturado por el fantasma de su pasado. Tenía que serlo. No era más que una coraza, un "escudo" para protegerse. Como las conchas de las nueces, sólo tendría que buscar la forma de romperla para llegar al interior suave y delicado que ella, esperaba, si tuviera en verdad.

— Muchas gracias, — respondió él con una honestidad que la hizo sentir que estaba conmovido. Su rostro no lo expresó demasiado, pero ella pensó ver aquel destello de honesta gratitud en los ojos oscuros de aquel hombre. Le sonrió con ternura y se volvió nuevamente a observar el mar. Ésta vez, la sonrisa se sintió mucho más honesta.

* * * *

Nadó hasta sentirse agotada. Cada músculo de su cuerpo dolía con toda la actividad que no había sentido en tanto tiempo, y su corazón latía con una rapidez que le hacía sentir viva y poderosa. Fue entonces cuando Ana decidió salir a la orilla y tumbarse sobre una lujosa silla de playa, colocándose un sombrero blanco enorme y unas gafas oscuras con detalles a juego con su traje de baño. El sol en su piel se sentía de maravilla y era excelente sentir nuevamente algo tal y como lo recordaba. Esos pequeños "lujos" tontos que pasan a ser lujos reales cuando tu vida se pone en perspectiva la mantenían enfocada.

Viktor la acompañó en silencio durante un rato, vigilándose que estuviera siempre a su alcance, pero no pudo evitar caer rendido en su propia silla, junto a la de Ana, mientras una sombrilla enorme de color oscuro lo escondía del sol. Tan solo mostraba parte de sus pantorrillas y sus pies descalzos, que poco a poco se enrojecían bajo la luz del sol. Ana le miró de reojo con una risita burlona cuando el hombre soltó un ronquido corto, inmerso profundamente en un sueño tranquilo.

Sebas apareció un rato más tarde con una jarra de una deliciosa bebida fría a la cuál no supo ponerle nombre. "Néctar de Passion Fruit", fue lo que él le aseguró que era, a lo que Viktor respondió con una carcajada que ocultaba patéticamente un bostezo. Al menos si podía sentir el sabor del jugo cítrico de la mandarina, al igual que el dulce sabor del mango pero habían otros sabores los cuales no lograba identificar.

— No pienses tanto en qué hay en su interior. Sólo ten la certeza de dos variables: te gusta o no te gusta, y actúa en consecuencia. Disfruta de éstos pequeños gustos de la vida. Más adelante podrías no tenerlos de nuevo, Ana.

Aquellas palabras sonarían como una amenaza en la voz de cualquier otra persona de la isla. No en la suya. Viktor siempre sonaba de forma atenta y amable, además de que demostraba que también tenía ciertos dotes de filósofo.*

Ana había notado que, curiosamente, siempre habían sido jugos y brebajes saludables lo que le había visto beber. Nunca había sentido olor a licor o a tabaco en él. Eso, por extraño que pareciera, le gustaba un poco. No consideraba común que una persona que se moviera en las esferas del poder en las que él se movía, no consumiera ningún tipo de sustancias nocivas para la salud.

Sin dejar de pensar en las palabras que había escuchado, aunque desde otro punto de vista que los involucraba a ambos implícitamente, Ana continuó disfrutando de su jugo mientras sostenía con su otra mano su sombrero blanco que ondeaba libremente con el viento.

* * * *

Octubre 17.

Por primera vez en mucho tiempo, más del que puedo recordar, sentí la brisa marina en mi rostro. La luz del sol me dio de lleno y me calentó nuevamente. La esperanza regresó en oleadas que, aún en éste momento, de vuelta en mi habitación, me hacen sentir emocionada. Nunca podré agradecerle a Viktor lo que ha hecho por mi, principalmente porque no sé cómo podría agradecerle. No quiero si quiera pensar en qué me habría pasado de no ser por él, dónde me encontraría o cuantos habrían saciado sus ganas carnales con mi cuerpo. Ya no sería la muchachita de mamá ni el amor de papá de haber caído en aquel destino. Tan sólo imaginarlo me hace sentir enferma, pero debo agradecerle a dios, supongo, que aunque no estoy en la mejor de las situaciones sí que estoy en el mejor de los términos en los que podría estar.

No sólo me siento afortunada. Dentro de mi desgracia lo soy, y por ello quiero seguir adelante con mi vida. He llegado a acostumbrarme a las cuatro paredes de éste palacio que me pertenece, me he acostumbrado a los mimos que me trae Sebastian todos los días a cargo de Viktor y, por supuesto, me he acostumbrado a la mirada oscura pero llena de cariño que él me brinda cada vez que estamos juntos en la misma habitación.

A pesar de haberme paseado hoy semidesnuda delante de él no obtuve más que un par de miradas de su parte llenas de respeto y un deseo que no supe categorizar. Quizás soy como él cree, metódica y analítica, no puedo evitarlo. Me gusta conocer el origen real de las cosas, y no me conformo con sólo tener una ligera certeza de qué las componen o cuáles son sus intenciones. No soy tonta, aunque lo parezca, y debajo de ésta juventud pomposa no se haya una pequeña niña, sino una joven adulta con ganas de comerse el mundo, y un ímpetu más grande que el de un animal enjaulado, deseoso de vivir nuevamente en libertad. Seré capaz de superar ésta situación, volveré a ver a mis padres y a mis amigos. Aunque sé que no será pronto, sé que lograré hacerlo, aunque sea en una situación distinta a la que tenía anteriormente.

Si he de convertirme en la señora de Mikhail, que así sea...

Capítulo 5

Una extraña y lejana melodía tropical la arrancó de golpe de su sueño. Era una sonido alienígena, estando en aquel lugar de secretos sombríos, sonaba alegre y divertida, electrónica. Disonante, como muchas de las cosas que sucedían en la isla.

¡El móvil! Ana recordó en aquel instante. Nunca antes había sonado, y su corazón latía de nerviosismo y anticipación. Viktor la estaba llamando a, ¿qué hora era? Manoteó acelerada entre la enorme pila de almohadas que se amontonaban en la cabecera de su cama hasta que finalmente dio con el endemoniado aparato. Vio que eran cerca de las cinco de la mañana antes de contestar rápidamente.

— ¿Hola? — pudo decir finalmente con la voz entrecortada después de un momento. Al otro lado de la línea se escuchaba la respiración de Viktor.

— ¿Te he despertado? Espero que no, — ofreció él rápidamente a modo de disculpa, ella negó con la cabeza inconscientemente antes de responder.

— No, no lo has hecho. Tranquilo.

Viktor soltó una carcajada jovial ante el repentino bostezo que negó la respuesta de Ana. Sonaba igual de extraña que el tono de aquel móvil. Era algo que no esperaba, pero era agradable.

— Tenía muchas ganas de escuchar tu voz de nuevo. Siempre me aburro un mogollón en mis viajes de negocios, como dicen ustedes los españoles. — Ana frunció el ceño ante aquella manera de definir lo que hacía. ¿Un mogollón?

— ¿Dónde te encuentras ahora? ¿Y cuándo partiste? No escuché tu avión salir. Y ¿desde cuando hablas con acento español, tío? Me has dejado impresionada.

Viktor rió alegremente ante aquel comentario, había sido lo necesario para que ambos rompieran el hielo y se sintieran mas a gusto. Al menos así se sentía Ana ahora. Aunque fuera un poco de mal gusto intentar imitar el acento de su tierra, no sintió que Viktor lo hiciera por burla.

— Salí hace un par de horas. Voy camino a Edimburgo a visitar a unos viejos amigos y cobrar un favor o dos. Tú sabes, negocios.

Claro, eso era lo que él hacía siempre. Pero era la ambigüedad de lo que decía lo que rompía un poco con aquella aura de hombre bueno y malentendido por la sociedad que ella tenía de él.

— Podrías ser un poco más específico, ¿sabes? Tanta ambigüedad le resta un poco a esa imagen que tengo de ti.

El silencio volvió de nuevo, y ésta vez no pudo evitar disculparse con él por sus palabras. No habían sonado groseras en su mente, aunque quizás si un tanto impulsivas e impresionantes. Viktor sólo dejó salir una pequeña risita que hizo cosas extrañas con el estómago de la chica.

— Eres valiente, muy valiente mi Ana. Me disculpo por ser precavido, pero no se llega a mi posición confiando en todo el mundo, y menos en las personas que podrían traicionarte cuando bajes la guardia. No eres mía, aún no. Aunque pensándolo un poco, sí lo eres, pero no te deseo mía por obligación, más bien por decisión propia. Quiero que quieras entregarte a mi, quiero que quieras que yo te posea. Que quieras ser parte de mi mundo. Eso es lo que más quiero. En éste momento. Quiero que seas mi señora, y que juntos velemos por los intereses del otro. Cuidar de ti y que tú, también, cuides de mi.

— ¿Quién eres, y qué has hecho con el Viktor que conozco?

Y aunque la pregunta salió en un tono relajado y jocoso que consiguió hacer reír a carcajadas a Viktor era la más honesta que había hecho durante aquella conversación. Aquella última parte no sonaba como aquel hombre de acento ruso, confidente y seguro de sí mismo, peligroso inclusive, que ella había conocido. Era mas bien lo contrario: tranquilo, abierto, cariñoso. Incluso vulnerable. Nunca pensó que aquella faceta fuera posible en un hombre como él.

Eso le gustaba.

— Eres distinto, nunca creí que fueras de ésta forma.

— Lo sé. Eso de andar jugando el papel de malo ante la sociedad te crea un estigma bastante difícil de disimular. Pero no todo en mi es malvado, aunque tampoco soy el rayo de sol que te gustaría creer que soy. Tengo un esqueleto o dos en mi closet. Hay cosas de mi que preferiría que no llegaras a conocer.

— ¿Tan malas son? — preguntó Ana luego de un momento de reflexión y silencio entre ambas partes.

— Disfruta mucho en mi ausencia mi hermosa Ana. Tengo que irme. Dejaré que continúes durmiendo. Espero puedas perdonarme por haberte despertado a las cinco de la mañana. Sebastian tiene algo preparado para ti ésta tarde y no podía esperar más para darte esa noticia. Espero que te guste. Nos veremos de nuevo la próxima semana.

Pero antes de que ella pudiera abrir su boca para decir algo más, él ya había colgado.

* * * *

Sebastian llegó más tarde esa mañana con un desayuno que incluía algunos platillos típico de su tierra (ella misma le había contado alguna que aunque vivía en Barcelona, era nativa de Tarragona), lo cual fue un deleite y un ligero dolor en el pecho por la nostalgia que sintió. Entre ellos habían carquiñoles, "menjar blanc", "pastissets", y para ponerle algo de salado a los platillos tenía un plato de pataco. Nunca los había comido todos juntos a la vez, y aunque tampoco era muy fanática de los pastissets, o casquetes como ella les conocía, habían sido lo mas delicioso que había comido hasta entonces. Se encontraba sorprendida.

Sebastian la observaba con una expresión de orgullo en su rostro, por haber sido capaz de entregarle un poquito de alegría con algo de comida como la que ella recordaba. Aquel pensamiento la hizo sentirse un poco nostálgica. Aunque la misma duró muy poco, porque la sorpresa que traía Sebastian era una que nunca se habría imaginado.

— Por favor, encuéntrame en la entrada principal en una hora. Tenemos que quitar esa expresión de nostalgia de tu rostro antes del regreso del amo Viktor.

Ana terminó su comida sintiendo una extraña mezcla de emoción, nerviosismo y nostalgia. Decidió que ya sería hora de ir acostumbrándose a los mimos que recibía a diario en aquel lugar, y de las emociones que los mismos incitaban en ella.

* * * *

— ¿Estás seguro de que estaré bien?

— No te preocupes. No te sucederá nada malo. No es tan difícil como parece, solo debes dejarte fluir con el movimiento y sentirte una con ella. ¿Está bien?

— Bien, lo haré.

Su expresión era de concentración extrema, y aunque por su mente pasó la idea de aprovechar la situación para escapar creyó, después, que no sería tan buena idea hacerlo. Así que sólo se dejó llevar y giró el puño de la moto de agua, la cual aceleró violentamente y casi la arroja de espaldas contra el agua. La adrenalina comenzó a fluir cuando por fin sintió el poder de la máquina que estaba debajo de ella, el pasar tan rápido del agua a su lado y las olas que rompían contra la nariz de moto. Fue una de las sensaciones más excitantes que había tenido la oportunidad de vivir.

Su instructor iba justo detrás de ella. No parecía ser uno de los matones de Viktor, era amable y bien parecido, con un acento español que la hacía sentir como en casa. Sólo se aseguró de disfrutar de un largo paseo en la costa alrededor de la isla.

La isla en la que se encontraban le hacía recordar mucho a la isla Pitcairn, la única habitada de aquel archipiélago que recordaba le llamó tanto la atención en esas clases de geografía en el colegio, con una costa de arenas casi blancas e inmaculadas que recorrían la totalidad de orilla, para después darle paso a la roca y un espeso bosque que hacía las veces de patio trasero a la enorme propiedad similar a un castillo que se alzaba en una de las colinas de la isla.

Era una vista impresionante, casi como una construcción de colonos españoles del siglo quince, con la exquisita definición por el detalle del estilo Barroco europeo pero a su vez era como si de un nicho de piratas se tratase.

A pesar de esos toques distintivos, la ostentosidad no dejaba de cubrir cada milímetro de la propiedad. Desde aquella distancia se notaba que el color de las paredes y columnas que bordeaban el camino de piedras hacia la entrada principal era de un color marfil o granito claro. No se extrañaría si, en efecto, estuviesen hechas de alguno de esos dos materiales. Algunos destellos aquí y allá le hacían creer que era oro o incluso algún otro tipo de mineral o roca preciosa.

Casi del otro lado de la isla se encontraba un embarcadero enorme, y un poco más allá estaba una enorme zona donde, ella creía, amerizaba normalmente el hidroavión anfibio de Viktor. Un poco más allá se encontraban al menos unos seis hidroaviones posados sobre la superficie del mar, meciéndose suavemente en las olas. Era increíble ver todo aquello. Descubrir algunos de los rincones de la que, día tras día, se estaba convirtiendo en su casa era algo magnifico.

— ¡Ana, creo que es momento de regresar a la costa al frente de la propiedad! — Era la voz de su instructor quien se encontraba a pocos metros de ella. Una leve nota de nerviosismo se encontraba mezclada con su tono, lo cual le hizo sentir algo de empatía con él.

— Quiero dar la vuelta a la isla. No pasará nada. Estás conmigo Alejandro, — y aunque su tono apuntaba al confort notó que el asentimiento de Alejandro era un tanto cauteloso. No estaría en problemas si ella no lo permitía.

El resto del viaje lo pasó observando la belleza natural de aquel paisaje. En un punto, un grupo de delfines pasaron a su lado, y la escoltaron mientras observaba la espesa jungla que cubría la parte trasera (¿o era en realidad el frente?) de la isla. Desde ese punto se veía totalmente desabitada. No se veían mas que aves tropicales de hermosos colores revolotear entre las palmeras. Pequeños mamíferos, que no logró distinguir, trepaban por la copa de los árboles en lo más profundo, totalmente ajenos a los horrores que habrían de vivir las personas que llegaban a aquel lugar.

Intentó darle un nombre a la isla en aquel momento, pero no se le ocurrió nada bueno para tal fin. Era un paraíso engañoso, de vastas bellezas e inmensurables ostentosidades, pero todo dependía de quién lo observara. Ella había sido quizás la única afortunada de ver ambas partes, así que no podía permitirse olvidar la parte fea de toda aquella belleza.

Al llegar a la costa frente a la mansión, Sebastian la estaba esperando con una bandeja en la mano y una sonrisa en el rostro.

Alejandro ayudó a Ana a quitarse el chaleco salvavidas, le ofreció una cálida sonrisa y la dejó nadar hasta la orilla mientras él se disponía a llevarse las motos a su lugar de almacenamiento.

— ¿Qué tal te ha parecido la sorpresa del amo Viktor? — Sin responder nada, ella se lanzó sobre el joven y le dio un fuerte abrazo.

— Me ha encantado. Muchas gracias, Sebas.

— Je je, no tienes porqué agradecerme a mi joven Ana. El amo estará muy complacido con tu alegría. A fin de cuentas, es lo que espera de ti, que estés feliz de estar aquí. — Ana sonrió de una manera agridulce. En cierto modo si estaba contenta, aunque no era por el hecho de estar en la isla prisión, sino por las libertades que poco a poco estaba ganando. — Hay otra sorpresa para ti, aunque ésta podría ser un tanto menos agradable, joven Ana.

Abrió un pequeño cofre de madera ornamentado que llevaba sobre la bandeja, y dentro se encontraba un brazalete de color negro, hecho de un material similar a la goma. Ana sintió un pequeño vuelco en el estómago. Miró a Sebastian a los ojos.

— El amo me ha pedido que te coloque éste brazalete. A partir de ahora tendrás acceso a todas las zonas de la propiedad, con ciertas restricciones, claro está.

— ¿Eso es una especie de rastreador?

— Hace más que eso, joven Ana. Pero sí, es un rastreador. Si te alejas a más de cinco kilómetros de la isla, bueno, sabrás qué es lo que hace. —

Ese pequeño detalle no le gustaba. Aunque claro, los límites estaban más allá de la costa. Si se mantenía dentro de los límites que había explorado hoy, no le sucedería nada malo. — No debes temer. El amo tiene la confianza de que el brazalete nunca se activará. Es sólo una medida de precaución mientras termina de tenerte confianza.

Aquella aclaratoria no hizo más que reforzar las esperanzas de Ana. Se estaba ganando la confianza de aquel hombre. Su plan estaba dando resultados, y más pronto de lo esperado.

Sin pensarlo, tomó el brazalete y lo pasó a través de su mano izquierda hasta colocarlo en su muñeca donde colgaba un tanto flojo.

— Lo usaré sin problemas. No intento escapar y lo sabes, Sebas. Creo que él también lo sabe. No tengo nada que esconder. — Sebas asintió con alivio y nuevamente sonrió para ella.

— El almuerzo estará listo en el lounge a la una de la tarde. Eres libre para recorrer la costa y pasar otro tiempo disfrutando del sol. — Sebas se giró para marcharse pero se detuvo, dando media vuelta sobre la punta de uno de sus zapatos relucientes. — ¡Oh! Casi lo olvido. Sólo es necesario que uses el brazalete cuando estés fuera de tu habitación. Poco a poco irás ganando acceso a otras estancias sin necesidad de utilizar el brazalete. Deberás entregármelo todas las noches para recargarlo y que puedas usarlo sin problemas al día siguiente, donde lo recibirás junto con tu desayuno. Si no lo entregas por el motivo que sea, se te entregará otro completamente funcional en la mañana.

Ana sonrió ante aquella demostración de charlatanería de ricachones. Asintió. No era una niña pequeña, y no hacía falta que le estuviesen recordando lo que debía hacer cada día. Entendió el mensaje y lo cumpliría a cabalidad. Tenía mucho por ganar e igualmente mucho por perder si no obedecía.

— Gracias mi querido amigo, — la expresión sorprendió al joven sirviente, el cual se marchó de la playa con una expresión de impresión en su rostro. Poco a poco lo estaba consiguiendo, se estaba convirtiendo en parte de aquella extraña familia de personajes sombríos y con un par de esqueletos de más en el closet, pero con buenas intenciones.

Capítulo 6

Viktor regresó de su viaje a Edimburgo una semana después. Ana ya se había hecho conocedora de gran parte de la propiedad en la que se encontraba cautiva, y aunque pensó que tener el conocimiento de la distribución de la propiedad la ayudaría en un futuro, se encontraba con grandes dudas acerca de si su plan era, en efecto, un buen plan.

La noche anterior había llegado otro "cargamento" de personas, mujeres y unos cuantos hombres, por lo que pudo escuchar. Entre sollozos, quejidos despavoridos y uno que otro disparo lanzado al aire, los nuevos habitantes temporales de la isla eran recibidos en medio de la noche. Su teléfono le indicaba que eran las tres de la mañana. Vaya forma de romper con la quietud de su descanso sin darle tregua.

Se atrevió a asomarse por la puerta de su habitación, pero ésta se encontraba vigilada por dos guardias con rifles largos cuyos nombres no conocía, pero que sabía eran de uso militar. Desde que le fue concedido el permiso para recorrer la propiedad tan solo habían dejado encargado de la vigilia a un guardia, sin armas, por lo cual se había impactado al ver aquel innecesario despliegue de seguridad.

— Lo siento señorita Ana, pero no puede dejar la habitación en éste momento — le informó un rubio de acento ruso muy marcado sin siquiera girarse a verla. Su compañero se mantuvo inmutable, mirando hacia el frente. Sin decir una palabra cerró la puerta nuevamente y se metió en la cama. La oleada de gritos y quejidos continuaron hasta pasadas las cinco de la mañana, con lo que su descanso de había roto por completo.

Sintió pena por aquellas personas a las que jamás llegaría a conocer, y se sintió miserable por haber logrado librarse del inevitable destino que les esperaba a todos y cada uno de ellos, lejos de sus hogares y familias. Lejos de sus vidas. Se convertirían en esclavos sexuales o tendrían que hacer alguna otra labor obligatoria y sin protesta aún contra su voluntad. Ella había escapado de aquello por los pelos. Era muy afortunada, y estaba muy agradecida de serlo, pero el sentimiento de culpa por no poder ayudar a ninguno de aquellos pobres diablos le partía el alma en pedazos.

* * * *

Octubre 26.

En la madrugada llegó otro barco con un montón de rehenes nuevos. Por la cantidad de ruido que logré escuchar desde mi habitación me atrevería a decir que fueron entre cien y ciento cincuenta personas. ¿Cómo logran mantenerlos a todos a raya? ¿Y acaso podrían llamarse rehenes? La verdad es que no lo creo. A fin de cuentas, éstos son capturados para nunca mas ser devueltos a su lugar de origen. Nosotros no somos rehenes...

Descubrí que en las noches en las que llegan nuevas personas a la isla la entrada de mi habitación se encuentra vigilada, quizás para mantenerme lejos del grupo y evitar cometer alguna locura. O para mantenerme a salvo pero, ¿de qué? Escuché un par de disparos durante el alboroto de la llegada, pero presumo que fueron lanzados al aire para intentar calmar los ánimos de las víctimas de Viktor. Lo cierto es que indiferentemente de lo que haya sucedido, el proceso fue más traumático que cuando yo llegué aquí hace ya casi un mes.

Sigo sin entender cómo una persona es capaz de realizar semejante trabajo y ser capaz de dormir en las noches. El remordimiento a mi me mataría en un dos por tres con tan sólo haberme robado un perrito que hallé en la calle. No me imagino si alguna vez podría ser capaz de mirar a los ojos a alguna de esas mujeres y no sentir pena o lástima por ellas. Quizás, dada la oportunidad, logre dar la espalda a las injusticias por beneficio propio.

¿Acaso me estoy convirtiendo en una mala persona?

* * * *

Esa noche era la primera vez en la que compartía cara a cara con Viktor una cena romántica. Ella vestía un hermoso vestido ceñido al cuerpo, color champaña destellos de cristal a juego con la gargantilla de diamantes que Viktor, le había asegurado, era suya. Él, por su parte, llevaba un esmoquin de color negro y camisa sin corbata debajo, abierta hasta la clavícula. Se había cortado el cabello casi al rape, con lo que su color cobrizo resaltaba aún más bajo la tenue luz de las velas que adornaban candelabros de estilo victoriano.

Ambos bebían un vino Pinot Blanc de exquisito aroma y textura, que poco a poco la iba calentando confortablemente desde el interior. Aquel calor no hacía más que subir cuando sus ojos se cruzaban con los del ruso y éste le ofrecía una sonrisa cálida y privada. ¿Acaso era así con todas las mujeres que llegaban a la isla? Lo dudaba, la idea, per se, era bastante estúpida y para colmo Sebas le había contado un poco sobre cómo era la vida de las mujeres que eran abducidas. Aunque pudo haber omitido los detalles más funestos del relato, ella pensó que tampoco les iba tan mal. Pero claro, ninguna había recibido los tratos que ella estaba recibiendo.

— Te ves hermosa, Ana. — Comentó Viktor con los labios parcialmente ocultos detrás de su copa de vino. Ana sonrió y se sonrojó mientras bajaba la mirada. — No lo hagas. Nunca bajes tu mirada ante nadie. Eres una mujer hermosa, valiente, decidida e inteligente a pesar de tu corta edad. No debes bajar nunca la mirada ante nadie — la sorpresa fue evidente en su rostro, y aunque no alzó la mirada pudo escuchar la ligera carcajada que él soltó. — Ni siquiera ante mi, Ana Lev. — Ante la confusión en su rostro, Viktor aclaró: — significa León, en Ruso.

Ana asintió con curiosidad. Conocía tan poco de aquel hombre, de su pasado y de las condiciones en las que había crecido, y aún así, había comenzado a sentir por él algo que no sabía como nombrar. Él la observaba con intensidad, con una emoción que sólo podía catalogar como adoración. Viktor la adoraba, la cuestión era por qué lo hacía y qué esperaba obtener de su confianza una vez que ella decidiera dársela aún mas.

— Lo que quiero de ti, lo quiero consensual. No quiero tomarlo. Siempre tomo todo lo que quiero, pero contigo no quiero eso. No espero eso. Sé que entenderás lo que siento por ti y que, quizás con el tiempo, serás capaz de corresponderme y entregarte voluntariamente.

Entonces entenderás lo que es ser dueña de Viktor Mikhail.

¿De qué estaba hablando? ¿Acaso era eso posible?

— ¿Dueña? — nuevamente la confusión se apoderaba de ella, tanto en su rostro como en su voz. Lo que no hizo más que deleitar a aquel hombre narcisista y egocéntrico con ínfulas un tanto elevadas. Sonrió y sorbió otro poco de vino. No añadió nada más.

Ana seguía sin comprender el significado de aquellas palabras. En su situación, para lo menos que estaba capacitada, por llamarlo de alguna manera, era para ser dueña de alguien. Mucho menos de aquel hombre. ¿Cómo podría una chiquilla atemorizada por ratos llevar semejante responsabilidad sobre sus hombros? Viktor claramente se refería a la parte sentimental. ¿O sería meramente a la parte sexual? ¿Acaso estaba ella preparada para tomar ese compromiso y entregarse a pesar de las bases que sustentaban aquella relación?

En aquel instante comenzó a preocuparse por la respuesta, ella y su tonta mente empeñadas en buscarle sentido y razón a todo. Sin embargo, el temor no era porque no conocía la respuesta, por el contrario, la conocía perfectamente. Y aunque en un principio había pasado a ser parte de su plan para recuperar su libertad, poco a poco se había ido enraizando en ella hasta convertirse en un deseo real que no estaba tan abierta a concebir como le habría gustado.

Rompió el hilo de sus pensamientos por un instante, mirando a Viktor directamente a los ojos, quien la observaba con añoranza. Alzó su copa de vino y le ofreció una leve sonrisa curvada en la comisura de la boca y, haciendo un leve gesto con la cabeza le dijo: — la dueña de Viktor Mikhail será entonces.

Viktor sonrió plenamente, en señal de victoria.

* * * *

Tras la cena y un par de copas más, su cuerpo añoraba aquello. Acabaron en la habitación de Ana, un poco borrachos los dos, al punto donde la razón cede el paso al deseo y se deja llevar por el placer.

Ana no supo cómo habían llegado allí tan rápido, menos por el hecho de que apenas había podido dar un par de pasos por si misma, no por el alcohol, sino porque, en mitad de una conversación superflua que no lograba recordar, había terminado abalanzándose sobre el ruso, besando sus labios que la devoraron con desespero casi hambriento.

Había sentido las manos de Viktor deslizarse por su espalda, y en un instante sus pies estaban abandonando el suelo mientras él la levantaba por los muslos y la llevaba cargada contra su cuerpo. Su deseo era tan fuerte como el de él. Ya dejaría que aquello la sorprendiera o incluso la afectara cuando no sintiera aquel calor expandirse desde su entrepierna hasta el resto de su cuerpo.

Viktor era posesivo, ligeramente agresivo, pero igual de delicado como siempre lo había sido. No hubo un solo momento de dolor entre aquellos besos y mordiscos que compartieron hasta acabar en la cama de Ana, donde con desespero se despojaron de sus lujosas ropas.

Era increíble sentir todo aquello, tanto dentro como fuera de ella, las sensaciones casi la abrumaban, y aunque quería gritar de euforia y placer se contuvo, dejando salir un par de quejidos suaves llenos de placer.

Viktor la besaba, desde el mentón hasta la clavícula y regresaba, haciendo mucho énfasis en su garganta, enloqueciéndola y haciéndola estrujarse debajo de su poderoso cuerpo. El peso de aquella mole la hacía sentir protegida, segura, y contribuía al deseo de entregarse plenamente y sin restricciones.

Ana clavaba sus uñas en la espalda de Viktor, temblando cuando éste gruñía tanto de dolor como de placer. ¿Sería a eso a lo que el hombre se refería con lo de ser su dueña?

En un movimiento fluido, Viktor se levantó de la cama, dejándola sin aquel peso reconfortante sobre ella, pero tan rápido como se había ido había vuelto a tocarla, tomándola de la cadera y girándola contra la cama, empujando su cabeza contra las almohadas.

— Si quieres que me detenga, — expuso el ruso entre respiraciones cortadas por la excitación. — Este sería el mejor momento.

Ana tan solo gimió cuando una oleada de caliente placer irrumpió a través de su cuerpo y la hizo estremecerse. Arqueó las caderas y empujó su trasero contra el aire, ofreciéndose sin pudor alguno. ¿Qué le estaba sucediendo?

Sintió la sonrisa de Viktor contra su parte más íntima, a través del delicado encaje de su panty. Él la estaba tocando, la estaba besando ahí, y ella amaba cada instante de esa sensación, pedía más. Sus caderas la traicionaban, empujaban con fuerza contra la cara de Viktor.

— Que bueno es que me desees con la misma intensidad, mi Ana.

Viktor rió ante la humedad que comenzaba a formarse en la prenda íntima, y sin mediar palabras la despojó de ella de un tirón, haciendo que Ana suspirara, sonrojada ante la posición en la que se encontraba. Sin perder tiempo comenzó a besarle aquellos labios tan perfectos y rosados que pedían ser consentidos a gritos. Ana se retorcía en la cama de placer, y antes de poder tomar el control de su cuerpo dejó salir un grito casi iracundo, lleno del placer más gutural que haya escuchado jamás antes de quedarse totalmente quita en la cama, desmayada.

Capítulo 7

El sonido de las aves afuera del ventanal de su habitación, la sacó suavemente de su descanso. Se encontraba envuelta entre las finas sábanas de su cama, aún desnuda y dolorida, satisfecha, y con leves recuerdos de la noche anterior que poco a poco iban recobrando claridad. Se alzó sobre sus codos y rápidamente comprobó que Viktor no estaba allí con ella. En algún momento de la noche, tras ese tercer orgasmo que él le había regalado, se había marchado como siempre lo hacía.

En cierto punto, durante aquellos intercambios que habían estado teniendo cada vez con mayor frecuencia, algo dentro de ella cambió.

Su cautela se transformó en deseo, y aquella primera noche en la que no pudo controlar las hormonas había caído, literalmente víctima, de las sanguinarias y expertas manos de aquel hombre. No fue la experiencia romántica que había estado ilusionando durante tanto tiempo.

Fue más una entrega mutua a la pasión carnal que, sin percatarse de ello, había crecido entre ambos. Y aunque las circunstancias no habían cambiado demasiado, ya no lo veía como su captor, mas bien como su amante.

Ana se giró sobre su espalda para observar el tragaluz mientras se mantenía cubierta por las sábanas. No sabía si Sebas o alguno de los guardias de Viktor podrían entrar en cualquier momento. Aunque, supuso, que durante sus encuentros, y las mañanas posteriores a ellos, todos los sirvientes habrían de tener instrucciones de no acercarse a la habitación de la muchacha por cuestiones lógicas de privacidad.

No resentía nada y, aunque muy en el fondo estaba segura de que lo que hacía era indebido, se sentía poderosa, como una rebelde. Escapaba a aquellas responsabilidades que la vida le otorgaba por obligación, y se entregaba solamente a aquellos placeres que ella consideraba convenientes.

Era un cambio como del amanecer al anochecer: pasar de ser una secuestrada a convertirse en la reina de su propio palacio, junto a un rey que nunca sería un príncipe azul, sino más bien un señor oscuro con un enorme poder sobre los demás. No le molestaba la idea, dado, pues, que ya no tenía manera de regresar a su vida anterior.

Sus padres seguramente se habrían resignado en algún momento a su pérdida. Sus amigas ya estarían en la universidad viviendo "la vida loca" en honor a ella. No podía culparlos, es decir, ¿cómo podría realmente? Había sido responsable de un gran sufrimiento para todos ellos, y esperaba que así fuera realmente; aunque odiaba la idea y se sentía culpable por sentirse deseosa de ser añorada por sus seres queridos.

Dejó a un lado aquellos lastimosos pensamientos matutinos y salió de la cama, con tan solo la toga hecha por las sábanas que caían hasta arrastrar detrás de sus pies, como el velo de un carísimo vestido, cubriendo su cuerpo y se dirigió a la puerta. Como había esperado, al otro lado de las gruesas láminas de madera no se encontraba ningún guardia. El pasillo estaba desolado, y sólo se escuchaban los ecos lejanos de los cantos de las aves silvestres del exterior.

Aún y cuando había esperado que aquella privacidad fuera normal había algo en ella que no lo era. Se sentía un poco agotada aún por la faena de la noche anterior, y los pequeños dolores aquí y allá le sacaban una sonrisa pícara que cubría con la punta de sus dedos. Regresó rápidamente a la habitación en dónde se cambió a su ropa deportiva y se lanzó a explorar los alrededores para saber qué estaba ocurriendo.

Hacía casi un mes que Viktor le había permitido recorrer la isla sin necesidad de aquel molesto brazalete de goma que Sebas le había entregado cuando salió a la playa por primera vez. Aún así existían límites que sabía no podía cruzar, no necesitaba de un brazalete para recordárselo. Ya no era una niña.

La exploración de la propiedad reveló que nadie se encontraba dentro de las zonas "permitidas", las áreas comunes, el lobby, la cocina, la recepción, la piscina, habitaciones de huéspedes, jardines... Incluso tuvo tiempo de aventurarse hasta la costa para buscar pistas del paradero de todo el mundo.

— ¿Qué está sucediendo aquí? — murmuró mientras se cubría la vista del sol con una mano, inspeccionando la costa de cabo a rabo. Nada. Ni un alma. O al menos una prueba de que había habido alguien más allí con ella.

Sintió una aprehensión llenarle el pecho, el pánico casi se hace de ella, cuando de pronto recordó que Viktor tenía una sala de reuniones, una de las zonas "prohibidas", justo debajo de la mansión. Recordaba que Sebas le había comentado que en ocasiones Viktor convocaba juntas extraordinarias que incluían no sólo a las milicias, sino también a todo el personal civil de la isla.

Supuso que en ésta ocasión una de esas reuniones extraordinarias estaba teniendo lugar pero, ¿se metería en problemas si se acercaba a aquel lugar? Tal vez podría acercarse para intentar descubrir si estaban allí y, de estarlo, podría escuchar algo de la información que estuvieran discutiendo.

A fin de cuentas, tenía el permiso explícito de Viktor de "andar a sus anchas" dentro de la propiedad, y aunque ella sabía que aquel lugar era uno de los no permitidos para su circulación supuso que podría salirse con la suya si alguien la encontraba espiando. A fin de cuentas era la señora de Viktor, como él mismo la había nombrado. Nada malo le ocurría.

Una vez tomada la decisión, se puso en marcha. Recorrió con gran rapidez, a paso de trote, los jardines y estancias vacías, hasta que se encontró delante de la puerta que llevaba a las zonas inferiores de la mansión. Era una puerta doble, de al menos dos metros y medio de alto, con aspecto tenebroso, algo derruida y con bisagras oxidadas y chirriosas. La misma se encontraba entreabierta.

Habría de ser algún error de novato de uno de los integrantes del nuevo pelotón que había llegado hacían dos semanas desde Rumania. Y aunque sabía que tal error podría costarle la carrera (o algo más) a quien lo haya cometido, decidió que era su día de suerte. Un último vistazo a sus espaldas le confirmó que la costa estaba libre, o dicho de otra forma, que "no había moros en la costa", y con el corazón galopante en su pecho se deslizó con cuidado entre la abertura de las puertas.

La penumbra predominaba en aquella área, que contrastaba con la claridad y pureza de los blancos de toda la arquitectura de la propiedad de la superficie. Las puertas conducían a un túnel de rocas azuladas que delimitaban una escalera de caracol, igualmente de piedra. Echó un último vistazo a un rayo de luz que se asomaba entre la abertura de la puerta y se decidió a bajar al Tártaro (parte de Hades o inframundo griego, donde las almas son torturadas por la eternidad).

Su corazón no lograba tranquilizarse y, para colmo, el estrecho pasillo no traía ecos de conversaciones en la distancia como ella había esperado, lo cual no hacía más que alimentar las fantasías que tenía sobre encontrarse abandonada en aquel lugar.

Se sacudió la idea rápidamente, y a paso ligero bajó de dos en dos las escalinatas que se abrían a una estancia cuadrada de aspecto lúgubre, con lámparas de aceite en las paredes al mas puro estilo medieval. Sólo le faltaba ver un par de cadenas acabadas en grilletes aseguradas a la pared y algún esqueleto reposando y sujeto a ellas para sentirse dentro de una mala película de terror. Afortunadamente, todo eso permaneció en su mente.

No conocía el lugar. Su corto paso por ahí había sido ya más de tres meses atrás, y había estado con la cara cubierta por lo que no pudo memorizar la distribución de esas estancias. Se aventuró hacia la esquina más distante, sobre la cual lograba ver un fino haz de luz dibujarse contra la pared de bloques azulosos. Aparentemente alguien no estaba muy pendiente de los pasos que daba. A menos, claro, que fuera intencional.

Se acercó a la puerta de la cual procedía aquella luz y al acercar la mano al pomo de la puerta se detuvo, dudó por un instante. ¿Qué tal si todo aquello era, en efecto, una trampa? Antes de que su mente pudiera imaginar todas las posibilidades, empujó la puerta cuidadosamente. Apenas y soltó un quejido mientras la abertura se hacía lo suficientemente amplia para que ella pasara a través.

Inspeccionó la nueva estancia, tan distinta de la anterior que el contraste la hizo sentir dentro de una mala película de zombies *(referencia cinematográfica)*. La nueva estancia no era sino un pasillo hecho con materiales un poco menos rústicos que la piedra de las estancias anteriores, de color más claro. Parecía cemento común y corriente. La iluminación provenía de enormes tubos fluorescentes que se encontraban en el techo. Todo parecía ser prolijo y, hasta cierto punto, esterilizado.

De un paso cambió de ubicación y entrecerró la puerta para asegurarse una vía de escape rápida si era necesaria. A su izquierda, donde el pasillo cruzaba nuevamente hacia la derecha, escuchó una voz que reconoció inmediatamente. Era

Viktor. Y aunque no lograba entender una palabra de lo que decía, no tuvo dudas de que se trataba de él. Caminó en esa dirección lo más silenciosa que pudo, mirando a sus espaldas para asegurarse que nadie la estaba persiguiendo, sintiendo de pronto que aquella idea no resultaba ser tan buena como había creído en un principio.

Aproximadamente unos doscientos metros al frente el pasillo cruzaba y terminaba en una puerta de metal, también entreabierta, que era de donde provenía la voz. Desde aquella distancia era un poco más fácil entender lo que él decía. Estaba hablando sobre planes para el futuro. Seguramente se trataba de alguno de sus trabajos nuevos.

De pronto sintió una mano posarse en su hombro. Su cuerpo se tensó como un resorte y dio un salto, logrando mantenerse callada. Aquello había sido toda una hazaña. Detrás de ella se encontraba Sebastian, con una mano alzada en señal de que estaba desarmado y otra haciéndole la señal universal de que guardara silencio.

Ana suspiró gravemente, tanto de alivio como del susto. Sebastian tocó su oreja y señaló hacia la habitación donde se encontraba Viktor, para que ella prestara atención a lo que decía. Nada tenía sentido. Supuso que perderse la mitad de la charla sería capaz de hacer eso. Entonces una parte de la charla llamó su atención, por lo que se acercó un poco más a la puerta para escuchar mejor.

— Quiero, entonces, que a partir de ese momento sigan los comandos del Coronel General— rango siguiente al de Comandante en las Fuerzas Terrestres Rusas— Sebastian Kuznetsov. Será él quien se encargará de guiarlos cuando sea necesario.

¿De qué estaba hablando? Relegando funciones, ¿para qué? Más importante aún, ¿por qué? Intercambió una mirada con Sebastian, el cual repuso con un profundo suspiro. Viktor continuó hablando.

— Como muchos de ustedes ya habrán escuchado a través de rumores, las cosas han sido un poco diferentes conmigo últimamente. — Ana supuso que estaría hablando de ella. Desde hacía aproximadamente un mes ellos habían estado más unidos que nunca. Viktor pronto desmintió ese pensamiento. — Mi salud se ha ido deteriorando lentamente. Y muy seguramente el tiempo que me quede como su Comandante en Jefe sea corto. Más de lo que me gusta creer.

¿Qué? ¿De qué estaba... se encontraba enfermo? ¿Una enfermedad terminal?

— Sebas...

— Shhh, escucha.

Se calló y continuó prestando atención al discurso, su corazón se aceleró más ante la idea de quedarse sin Viktor con ella en la isla. ¿Qué pasaría entonces?

— Gracias a una comadreja entre el antiguo pelotón, la noticia de mi enfermedad corrió como el fuego en una estancia de pólvora. Mi cáncer es terminal, y los médicos me diagnostican como mucho de seis meses a un año y medio de vida.

¿Cáncer? No, no, aquello no era posible. Sintió sus ojos llenarse de lágrimas, unas de ellas escaparon cuando, un momento después, Sebastian colocó su mano sobre su hombro y la apretó fuerte. Ella colocó la propia sobre la mano de él, notando que había comenzado a temblar.

— Pero, así como les anuncio formalmente que estoy muriendo, les dejo también muy claro que quienes intenten derrocarme, o ponerse en nuestra contra vivirán las consecuencias del anterior...

No necesitaba escuchar nada mas. Soltó la mano de Sebas y se giró rápidamente hacia el pasillo para salir corriendo de aquel lugar de pesadillas.

Moriría sin él. Y no hablaba solamente del sentido platónico: sin Viktor, cualquiera podría tomarla como rehén y hacerle lo que Viktor impidió que le sucediera en su momento.

Con los ojos borrosos por las lágrimas que brotaban sin darle tregua, se apresuró a volver a aquella puerta tenebrosa que la llevaría de vuelta a su visión Elísea de la isla (alusión a los Campos Elíseos, parte del Hades o inframundo griego donde las "sombras" de los hombres virtuosos y guerreros heroicos han de pasar la eternidad en una existencia dichosa).

* * * *

— Hola, — le saludó Sebastian, un rato más tarde de aquella revelación que había tenido. Ana giró su cabeza sobre su hombro para mirar al joven mientras éste se acercaba. Aún tenía el estómago hecho un nudo y, aunque ya había dejado de llorar, sus ojos y la punta de su pequeña nariz se encontraban rojos todavía. — ¿Te encuentras bien?

Ella se encogió de hombros antes de girar su mirada nuevamente al mar. Se encontraban en uno de los inmensos balcones de la segunda planta de la mansión, uno de los lugares favoritos de ella, y uno al que siempre acudía cuando necesitaba pensar a solas.

— Todo va a estar bien...

— ¿Cómo puedes decir eso, Sebastian? — Le interrumpió ella con tono cortante, girándose para mirarlo directo a los ojos. En su mirada se alojó un sentimiento de rabia que tomó totalmente por sorpresa al joven sirviente. Ante la expresión de asombro de él, Ana suspiró, y se giró nuevamente hacia la balconada. — Lo siento.

— Comprendo tu temor, joven Ana. Pero no debes preocuparte por tu futuro.

— ¿Cómo no podría? Primero cambia mi vida para esto y ahora, ¿para qué? — Su tono era de tristeza, lejos del enojo que tuvo tan sólo un segundo atrás. Se encontraba devastada y, sobre todo, muy preocupada.

— El amo Viktor nunca te dejaría pasar por otro tormento. Tras... ese momento, — corrigió la palabra sin decirla. — él seguramente dejará instrucciones sobre qué pasará contigo.

— Instrucciones. — Repitió ella en forma lenta, asintiendo con la mirada fija en el horizonte.

— Quizás no sea la mejor forma de describirlo, pero es lo que hará. Llegado el momento te lo hará saber. Y dichas instrucciones te las dará a ti, muy probablemente.

¿Era en serio todo aquello? Con él fuera del camino quizás podría regresar a su antigua vida, pero no se sentía preparada para ello. Después de todo aquel tiempo, ¿habría una vieja vida a la cual regresar? Probablemente tan sólo existiría una nueva vida de incertidumbres que comenzar. No estaba preparada para eso.

— El amo Viktor es, dentro de sus propias circunstancias de vida, la persona más generosa que conozco, — Ana tuvo que admitirlo, lo era. A su manera, pero lo era. Un suspiro-carcajada acompañó su silente afirmación. — Por eso sé que, dentro de las posibilidades, tú serás la persona menos afectada.

Ésta vez Ana suspiró largo y sonoro, el aire tembló un poco al salir de su cuerpo, como si llevara consigo un peso enorme que ella, sin saber, había estado cargando desde el momento en que escuchó la charla de Viktor.

— Gracias, Sebas. — Fue todo lo que ella repuso, y él colocó su mano sobre el hombro de la chica, apretó fuerte y fue como recibir el abrazo que ella sentía que necesitaba en ese instante.

Capítulo 8

Diciembre 19.

Una revelación me ha cambiado el panorama de todo éste mundo de ensueño. El espejo (alusión al libro "A través del espejo y lo que Alicia encontró allí" de Lewis Carroll) comenzó a resquebrajarse y me permitió ver la cruda realidad del mundo a través de sus restos. La vida me ha jugado, por segunda vez, una mala pasada de la que temo no poder recuperarme con la relativa facilidad con la que salí de la anterior. Viktor tiene cáncer terminal. Sus días están contados. Y aunque sus expectativas no son tan cortas y extremas como mis palabras podrían aparentar, el hecho de que esté más cerca de la muerte de lo que debería me hace sentir enferma.

Quizás soy muy egoísta. Pienso en él, si, pero también pienso en mi. Pienso en qué pasará conmigo tras su partida. Sebastian me aseguró que él dejaría instrucciones para lo que habría de pasar conmigo. Que él no permitiría que nada malo me sucediera otra vez. Mi corazón late fuerte ante la idea de volver a aquella habitación, de tener que volver a vivir unos días con el rostro cubierto por una negrura espesa y sofocante y que, cuando logre ver la luz, sea para darme cuenta de que mi cuerpo ya no es mi pertenencia, y que ahora soy una más de las esclavas sexuales de algún magnate de una parte lejana del mundo.

No puedo permitirme quebrarme ante esa idea, menos puedo dejar que Viktor sepa que conozco la verdad. Él habrá de decírmelo en cuanto sea necesario. Y yo habré de pretender que estoy conociéndola por primera vez. Me duele tener que engañarlo, pero es por el bien de ambos.

Ni siquiera quiero pensar en lo que sucederá despu...

— ¿Ana? ¿Estás aquí? — Era la voz de Viktor desde el otro lado de la puerta. Siempre se comportaba como un caballero. Llamaba a la puerta y nunca entraba hasta que ella se lo permitiera.

Debo irme, Viktor viene.

— Adelante, — respondió ella una vez que había cerrado su diario con llave rápidamente, y lo había guardado en la gaveta de la pequeña mesita que tenía junto a su cama.

Las enormes puertas se abrieron lentamente, y justo ahí aparecía él. Era el mismo de siempre, aunque un pequeño destello en su mirada decía que algo no estaba bien. Ana sabía qué era, pero no pensaba revelar su conocimiento de buenas a primeras.

Ana estiró sus brazos para que él se acercara a la cama, lo cual Viktor hizo. Saltó sobre la cama y se arrastró hasta llegar a donde estaba Ana. Luego hizo algo que nunca antes había hecho: se acostó sobre ella, mirando hacia el techo, tomó los brazos de Ana y la hizo rodear su cuerpo, sostenerlo, y abrazarlo fuerte. Nunca antes había aquel hombre buscado semejante forma de confort. — ¿Viktor? Estás actuando raro. ¿Qué sucede?

— No es necesario que finjas, mi hermosa Ana. Lo que sucedió ésta mañana no fue casualidad. — Su corazón se aceleró de los nervios. Había sido descubierta... ¿o no? — Lamento no haber sido lo suficientemente valiente para decírtelo en éste momento. Es por eso que le pedí a Sebastian que te guiara, sin hacerlo, hasta la sala de reuniones. Eres una jovencita muy testaruda y valiente.

Aquella última parte le sonó a regaño, pero Viktor tenía una sonrisa complacida en su rostro. Tomó las manos de Ana y comenzó a llenarlas de besos llenos de devoción. Los ojos de ella comenzaron a llenarse de lágrimas. Un pequeño sollozo la delató, y Viktor la hizo apretarlo más fuerte entre sus brazos.

— No debes temer, mi niña hermosa. Nada malo va a sucederte. Lo prometo.

Ante aquella promesa Ana comenzó a llorar. Viktor giró en los brazos de ella y se arrodilló sobre la cama, la tomó en sus brazos y dejó que ella metiera su cabeza entre el hueco de su hombro derecho y su cuello. Allí lloró por un largo rato, casi quedando sin respiración, mientras él la confortaba con caricias en su largo cabello lacio, y le susurraba promesas de que todo estaría bien.

Nada estaría bien. Para empezar no era él quien debía confortarla a ella, sino al revés. No era tan fuerte y valiente como ella creía, mucho menos como Viktor le aseguraba. Era tan solo una niña asustada del futuro, aferrándose con todas sus fuerzas al ancla que la mantenía en el presente. Si Viktor se encontraba en aquella situación era porque las cosas estaban peor de lo que ella había creído.

* * * *

No volvió a verle sino hasta el sábado siguiente, cuando él volvió de otro de sus largos viajes que parecían no tener descanso. Se encontraba convaleciente, batallando contra un cáncer que en poco tiempo acabaría con su vida, ¿cómo podía seguir con su vida normal después de semejante noticia? Ana no comprendía lo que él pensaba o el porqué actuaba de la forma en que lo hacía. Supuso que era una forma de escudarse de los males del mundo, y de dejar a un lado sus preocupaciones reales por otras un poco más triviales.

Aquella noche en la que él regresó, compartieron por primera vez en la habitación de Viktor. Su cama era de un tamaño mucho mas modesto que la que ella tenía, pero la gran mayoría de detalles que se encontraban a lo largo y ancho de la habitación estaban hechos en oro y piedras preciosas. Al parecer el hombre tenía un fetiche por los minerales preciosos que ella había aprendido a compartir.

Luego de tener una cena tranquila en donde compartieron muy pocas palabras, Ana estaba dispuesta a romper el silencio incómodo que había dejado se anidara entre ellos, cuando de pronto Viktor la interrumpió antes de que dijera una palabra.

— Te preguntarás el por qué de mi actitud, por qué no me preocupo y por qué sigo adelante con mi vida. La respuesta es muy sencilla, — en ese momento subió la mirada y sus ojos conectaron con los de Ana. Ella sintió un escalofrío recorrerle la espalda. — Conozco el dolor muy de cerca. Conozco lo que es sufrir, y llorar hasta quedarte dormido. Conozco muy de cerca al hambre y a la desidia. Y, en algún momento de mi vida, quizás cuando me uní al ejercito, decidí que nunca mas dejaría que algo que me hiciera mal me detuviera. Nunca mas permitiría que una situación tuviera poder sobre mi existencia, sobre mi vida.

Ana lo observaba fijamente, con una curiosidad casi grosera. Viktor la miraba con ojos entrecerrados y con una sonrisa curvando la comisura izquierda de su boca. Continuó hablando.

— O tal vez lo decidí el día en que mi padre me hizo esto, — dijo, señalando absentamente la enorme cicatriz que tenía en el rostro. Ana quedó perpleja.

— ¡¿Qué?! — con una voz más chillona de lo que habría imaginado, soltó ella aquella pregunta. Una sílaba que encerraba sentimientos de impacto, impresión, ira, compasión. Tanto en tan poco. Viktor sonrió y miró hacia su plato.

— No te preocupes, ya ni siquiera la cicatriz me molesta. Siento que me da fortaleza y presencia ante las personas. Siempre les digo que fue el trabajo de un oso siberiano, — soltó una carcajada ante aquel comentario, pero no logró suavizar la expresión en el rostro de Ana. Cuando se calmó, tomó un sorbo de su bebida, nuevamente algo saludable y sin alcohol, y observó a la joven frente a él. — En serio, no debes preocuparte por mi pasado.

— Me preocupo por ti, — dijo ella con un claro tono de preocupación que le daba énfasis a sus palabras. — Por tu presente, por tu futuro, y también puedo hacerlo por tu pasado, Viktor Mikhail.

Viktor soltó un silbido bajo y miró hacia otro lado mientras bebía nuevamente, tratando de ignorar la seriedad que Ana le había colocada a la conversación que tan seriamente él había iniciado.

— No intentes huir de mi. Ya no puedes hacerlo.

Ante aquellas palabras, el ruso giró la vista. El rostro de Ana estaba lleno de determinación, algo que le llenó de un sentimiento que nunca antes había experimentado. Sin decir nada se levantó de la mesa y caminó hasta ella, se dejó caer sobre una de sus rodillas justo al lado de la muchacha y la tomó entre sus brazos. La abrazó con tanta fuerza que ella casi sintió quedarse sin aire.

— No me arrepiento, — comenzó él, y después de un minuto terminó la frase. — No me arrepiento de la forma en que llegaste a mi vida. Siempre lamentaré ser el responsable de tu sufrimiento, quizás el mayor de ellos. Ser arrebatada de tu vida, y estar aquí prisionera. Pero supe, desde el primer momento en que te vi, que serías la mujer que cambiaría mi vida. Lo has hecho, Ana Victoria León.

Viktor se apartó para mirarla de lleno en los ojos, ella estaba aguantando lágrimas. Cuando abrió la boca para decir algo mas, sintió una cachetada en la mejilla izquierda que le dejó sin palabras. Cuando volvió la mirada nuevamente Ana estaba llorando, las lágrimas corrían libremente por sus mejillas, dejando unos chorreones negros de maquillaje en su camino.

— Eres un estúpido, Viktor Mikhail, — le decía ella lo más fuerte que podía, lanzándole golpes en el pecho, con menor fuerza que aquella primera cachetada, y bajando la mirada mientras su voz perdía potencia. — Eres un completo estúpido.

Cuando Ana terminó de golpear dejó caer su rostro sobre el pecho de Viktor, y lo abrazó tan fuerte como él la abrazó a ella hacía unos instantes. Lloraba con sollozos que le robaban la respiración, y con cada uno apretaba un poco más a aquel hombre contra su cuerpo, como si éste fuera a desaparecer si alguna vez lo soltaba.

— Por favor, — comentó ella entre sollozos. — Nunca me dejes.

Viktor dejó escapar un suspiro sonoro, le besó la cabeza y susurró: — nunca lo haré.

* * * *

Aquella noche hicieron el amor, por primera vez. Ana sintió todo lo que Viktor sentía por ella, y ella a su vez le dejó sentir todo lo que ella le profesaba. Se sorprendió de lo real que era aquel sentimiento. Nunca antes lo había pensado tan firmemente. Se había enamorado del hombre quien le había robado su vida, quien le había regalado otra, que pasaría a ser una maravillosa vida.

Ambos se encontraban en la cama de Viktor, observándose en silencio.

Él jugueteaba con un mechón de cabello castaño que caía sobre el rostro de ella, y ella jugaba con los dedos de la otra mano de Viktor. Se encontraban ahí, en el silencio más cómplice, testigo de lo que, sin palabras, se habían dicho mutuamente.

Viktor le sonreía, con ojos pesados y una expresión complacida en su rostro ligeramente sudado. Ana le veía con algo un poco más profundo que el aprecio en su rostro. Se mordió el labio inferior y llevó su pulgar hasta su boca, para cubrir su gesto.

— ¿Qué? — Le preguntó ella con las mejillas sonrojadas, él negó con la cabeza, le besó la frente y no dijo nada. — Yo tampoco lo lamento, — añadió Ana unos minutos mas tarde. Viktor tenía los ojos cada vez más pesados. Subió las cejas en forma de respuesta mientras sus ojos se cerraban. Ana continuó. — No lamento haberte conocido, a pesar de las consecuencias.

Viktor sonrió otro poco mientras terminaba de cerrar sus ojos, le respondió: — me alegro. — Y después de eso se durmió.

Ana le observó dormir durante un largo rato, pacifico, vulnerable, confiado en ella. Sabía que estaba seguro en sus manos, así como ella lo estaba en las suyas.

Después de un largo rato, Viktor comenzó a roncar suavemente, Ana sonrió ante aquel sonido, y de forma lenta intentó incorporarse para volver a su propia cama.

Un tirón casi la sacude contra la cama, Viktor se había aferrado a las sábanas que la cubrían. Ana forcejeó suavemente con él, sin suerte, dejándose caer nuevamente en la cama cuando no logró zafarse del agarre de su amante.

Se deslizó entre los brazos de Viktor, quien la tomó por la cintura, aún dormido, y presionó su pelvis contra ella.

Su miembro se encontraba medio desierto, a diferencia de él, que estaba completamente dormido. Ana disfrutó de la sensación, empujando sus caderas contra él para sentir la presión de forma más insistente. Viktor susurró unas palabras que ella no pudo entender.

— YA lyublyu tebya (traducción fonética de Я люблю тебя, "te amo" en Ruso).

Sin querer ahondar más en lo que ella creía que significaban esas palabras, cerró los ojos. Se quedó dormida con una sonrisa en el rostro.

Capítulo 9

Tan breve como un soplo de brisa marina, seis meses se habían ido sin que ella lo notara. De aquel sentimiento de preocupación, que tuvo cuando conoció la noticia de la enfermedad de Viktor, quedaba muy poco; sólo un poco de miedo residual y la aprehensión ante lo inevitable de su situación.

En algún momento, sin haberse percatado de ello, había llegado a lidiar lo mejor que le era posible con aquella idea. Se decía a sí misma que la muerte era el único destino que todos los seres vivos compartían, y que no valía la pena entristecerse y malgastar todo el tiempo que les restaba entre nubes grises y sentimientos amargos. En vez de eso, aprovechar y atesorar cada instante era lo que ella había preferido hacer luego de pasarse el resto de los días del mes de diciembre en duelo.

Una noche se había aventurado hasta la suite de Viktor y se había deslizado entre las sábanas de la enorme cama dónde él se encontraba sumido en el más profundo sueño, agotado por el último de sus viajes, que duró casi dos semanas. Ella había tenido la oportunidad de deslizar sus dedos sobre todo el cuerpo de Viktor, rozando delicadamente la piel que cubría sus fuertes músculos, ligeramente cubierta a su vez por una fina capa de vello cobrizo.

Disfrutó cada segundo de su inadvertido recorrido, de cómo el cuerpo de Viktor reaccionaba ante los roces de sus dedos juguetones que, sin darle tregua, acariciaban sus muslos y, últimamente, el miembro de Viktor que poco a poco iba cobrando fuerza, ganando tamaño y grosor entre sus delicados dedos. Era un gozo tener a semejante hombre a su entera disposición, y cuando escuchó el mascullo ahogado de un gemido que salía involuntariamente de la boca del ahora semiinconsciente Viktor, no pudo ocultar su sonrisa mientras llevaba aquel miembro durísimo hasta sus labios.

* * * *

Otro día, Viktor había sido quien la había tomado por sorpresa, capturándola dentro de la "choza de playa" (como él solía llamarla). Se había infiltrado en la cabaña, una propiedad de cinco habitaciones y dos pisos cerca de la costa y donde siempre prefería ella cambiarse antes de sus clases de moto acuática. Él había llegado sigilosamente, ella nunca le escuchó entrar. Al primer momento Viktor sintió un atisbo de tensión en ella, la cual se disipó cuando él deslizó una de sus fuertes manos por el abdomen de Ana, subiendo lentamente, por debajo de su camiseta, hasta posarse en uno de sus pechos, apretando el pezón suavemente entre sus dedos mientras le besaba el cuello y presionaba firmemente su pelvis y su miembro erecto contra la espalda de Ana.

Odiaba que ella fuera tan baja, pero esa desventaja le permitía sacar ventaja en más de una forma de su propia fuerza. Puso su mano sobre el hombro de Ana y presionó hacia abajo. La chica no lo dudó, sedienta y apresurada se giró rápidamente en los brazos de su amante y se dejó caer de rodillas donde liberó la presión creciente de Viktor y comenzó a consentirlo con su boca.

Viktor no tardó demasiado en alzarla en peso, arrancándole con necesidad casi violenta los shorts y la ropa interior de encaje que llevaba, la tomó en brazos y la encajó en su miembro hasta que estuvieron fusionados pelvis contra pelvis, manteniéndola firmemente presionada contra él.

Ana dejó salir un aullido de placer apagado, intentando no hacer demasiado ruido pues fuera de la cabaña se encontraba Alejandro preparando todo para las clases y no quería que él la escuchara.

Viktor fue inclemente, alzándola y bajándola de golpe insistentemente contra su miembro rígido y causando que un montón de destellos negros y blancos nublaran la vista de la joven en un tren de éxtasis que amenazaba con terminar en una violenta colisión.

Justo antes de que ella llegara al orgasmo, Alejandro tocó la puerta, inocente de lo que sucedía allí dentro. Ana pronto cambió su expresión de éxtasis por preocupación, una que se acentuó cuando vio la sonrisa casi maquiavélica en el rostro de su amante. Él la dejó en el suelo y la acompañó hasta la puerta, deteniéndola cuando intentó colocarse su ropa de nuevo.

Se situó detrás de ella y le ordenó abrir la puerta, orden que finalmente siguió Ana con recelo entre preocupada y excitada. Justo en el momento en que su cara se asomó a la puerta sintió como Viktor la penetraba desde atrás nuevamente, ésta vez con un ritmo lento y continuo, sosteniendo sus caderas para que el movimiento no la sacara de balance ni tampoco delatara lo que estaba sucediendo.

Ana se sostuvo con ambas manos de la puerta, sus dedos su pusieron blancos por la fuerza con la que apretaba la madera, y su rostro, sudoroso y enrojecido por el placer, el morbo y la vergüenza le ofrecía una sonrisa tímida al instructor que, aún inocente de todo, le hablaba animadamente.

Viktor disfrutaba de aquello. Ana sabía que era un exhibicionista de primera y que le encantaba hacerlo delante de un público, pues él mismo se lo había comentado en una de aquellas charlas luego del sexo en sus habitaciones, pero era la primera vez que hacía algo así con ella.

Ana adoró cada segundo, llegando al clímax con una violencia tan grande que sus piernas sucumbieron y cayó de rodillas al suelo tan pronto cerró la puerta.

Habían vuelto a la calma habitual, y le habían dado un toque especial que antes no habían tenido. Estaba aquello de que pronto se acabaría "la comida", por lo que había que satisfacer el hambre antes de que fuera demasiado tarde.

Era una analogía un tanto bizarra, aunque Ana no le prestó demasiada atención cuando, aquella noche, Viktor se encontraba sobre ella, con sus delgadas piernas alrededor de su cuello y pulsando firme y profundo dentro de ella.

Definitivamente, le gustaba demasiado para su propio bien estar con aquel hombre.

* * * *

Un par de golpes en la puerta la despertaron de golpe. La habitación se encontraba aún a oscuras, fuera de su ventanal no se escuchaba ni un ave, tan solo el sonido de grillos y sapos, aunado a las suaves olas del mar y la brisa que soplaba ligeramente. Revisó su teléfono, eran las tres de la mañana. Apenas tenía una hora durmiendo, pues había estado conversando con Viktor animadamente hasta muy avanzada la noche.

Sin esperar respuesta de parte de ella, Viktor entró a la habitación y cerró la puerta detrás de él, encendiendo la luz y caminando hasta el armario de Ana, sin decir una palabra. Ella comenzó a preocuparse, apenas logró decir un leve y confundido — ¿Viktor? — Cuando él ya volvía con un vestido blanco para ella. Lo dejó en la cama y le sonrió ampliamente.

— Te quiero en ese vestido en media hora. Vendrás conmigo. — Y sin decir otra palabra salió de la habitación.

Ana, confundida y desorientada se dejó caer en la cama y cerró los ojos. Casi cayó al suelo de golpe cuando la puerta se abrió de forma sonora, Viktor asomó la cabeza y le gritó: — ¡no te veo alistándote! ¡Apresúrate! ¡El avión nos espera! — De un golpe cerró la puerta y la dejó ahí, anonadada con sus palabras.

¿Avión? ¡Avión! Ana dio un salto, mas despierta de lo que habría creído posible, corrió a la ducha y se alistó en quince minutos. Diez minutos más tarde se encontraba corriendo fuera de su habitación, en busca de Viktor.

* * * *

Su corazón latía fuerte por la anticipación de lo que sucedería. ¿Irse de viaje con Viktor? Era algo que nunca había considerado posible. Y aunque se decepcionó un poco cuando Viktor trajo de vuelta aquel pequeño brazalete de goma, ésta vez de color blanco y a juego con su vestido, Ana no tuvo el coraje para protestar, y sin comentar nada se lo colocó en la muñeca izquierda. Viktor sonrió complacido, y le besó la sien antes de tomar su mano.

Se encontraban dentro de uno de los hidroaviones de Viktor, el más grande de todos los que tenía, su favorito, el Fat Billy, nombre inspirado por uno de esos primeros aviones que habían llevado bombas atómicas. Ambos se encontraban sentados en asientos de cuero rojo con tejidos en color dorado que le daban un toque muy asiático al interior del avión, de un prolijo color blanco y de acentos caoba. Ana estaba sentada junto al pasillo, y Viktor junto a la ventana. Frente a ellos estaba otro par de asientos, adornados de la misma forma que los suyos, sin embargo nadie los ocupaba.

— ¿Adónde vamos? — preguntó ella algo ansiosa. Él no respondió. — ¿Viktor?

— Ya lo verás, ten paciencia. — Respondió Viktor con tono relajado, sin mirarla, cautivado por el tono de niña quejumbrosa que había puesto la joven. Sus ojos se mantenían fijos en el agua que bamboleaba el avión fuera de la pequeña ventana.

— Vamos, — reclamó ella. — Debes darme algo mejor que esa respuesta tan vaga.

Viktor explotó en una risa jovial, lanzando su cabeza hacia atrás para reír con mas ganas. A Ana le pareció molesto, pero sólo se dedicó a torcer la boca en un gesto de desagrado que no pareció inmutar los ánimos del ruso.

— Iremos a que conozcas mi otra cara, la que no he tenido oportunidad de mostrarte. ¿Contenta?

Ana asintió, sintiendo un nudo en el estómago. ¿Su otra cara? ¿Se refería acaso a esos negocios "no tan sucios" de los que también se encargaba?

— ¿Iremos a una exposición de arte, o algo así?

Viktor negó con la cabeza, enfocándose nuevamente en el mar a través de aquella minúscula ventana. — O algo así. — Fue todo lo que dijo, y antes de que Ana pudiera replicar el avión cobró vida de un salto. Los motores se encendieron y comenzó a avanzar sobre el agua. La sensación fue tan extraña, tan distinta a un despegue desde tierra firme, que Ana contuvo el aliento, se aferró fuertemente a la mano de Viktor y no dijo nada más hasta que el avión tomó altura.

— Eso se sintió... extraño. — Viktor rió, ésta vez de forma un poco más modesta, asintió.

— Debes terminar de comprender que soy un hombre de ademanes poco convencionales. Lo común me aburre, lo extraordinario me encanta, — y se giró para ofrecerle a la chica una sonrisa. Quizás lo imaginó, pero esa última parte se sintió tan personal que no pudo ocultar su vergüenza. Su cara se enrojeció por un largo rato, y no volvió a emitir comentario alguno por el resto del viaje.

Capítulo 10

Le tomó a Ana un tiempo hacerse con la idea, pero al llegar a su destino, unas tres horas después, comprendió el motivo por el cual Viktor no quería que ella se sentara en la ventana. Quizás se equivocaba, pues los países no venían rotulados como en el mapamundi, pero algo de orientación hubiese podido tener de haber visto el lugar desde el cual partía, aquella isla infierno—paraíso que había llegado a querer con el tiempo, en relación al lugar al cual llegaban.

— Bienvenida a África, Ana.

África, ¿a dónde irían? El avión había aterrizado en una pista enorme, y las planicies se extendía en todas direcciones, con excepción de un pequeño cobertizo para aviones que se veía en la distancia. África, ¿dónde precisamente se encontraban?

— ¿Qué hacemos en África? — Fue lo que pudo preguntar, un instante después de haber observado todo a su alrededor.

— Ya lo verás, — respondió él mientras se quitaba los cinturones de seguridad, y hacía lo mismo con los de ella. Se levantó y le ofreció la mano, Ana la tomó sin discusión y ambos salieron del hidroavión. El sol la cegó, habiendo estado demasiado tiempo en la cabina poco iluminada en comparación con el exterior, por lo que tuvo que cubrirse los ojos con su mano libre.

— Bienvenido, señor, — comentó un hombre moreno al acercarse al avión. Tenía aspecto fuerte pero muy amable. Su acento español era casi perfecto. — Señorita Ana, es un placer conocerla finalmente.

Ana quedó impactada, ¿conocerla finalmente? Pero, ¿cómo? ¿Acaso Viktor había hablado de ella fuera de la isla? Sonrió amablemente y asintió a aquel hombre, quien con una reverencia se giró para indicarles el camino. Ana tomó ese instante para mirar a Viktor pero él no la miró, tan solo mantuvo una sonrisa en su rostro, que no se quitó mientras seguían a aquel hombre.

— Mi nombre es Rakún, señorita Ana. Tenga, — se presentó su guía, ofreciéndole un sombrero de ala ancha y unos lentes de sol de apariencia extraordinariamente cara, ambos a juego con su indumentaria blanca. Ana tomó lo ofrecido sin dudas, ignorando completamente la expresión de orgullo en el rostro pecoso de Viktor. — Sean bienvenidos a África.

— Gracias Rakún. ¿Ya informaste de nuestra llegada?

— Por supuesto señor. Los están esperando en la villa. Todo está preparado.

— Perfecto. Eso es todo por ahora. Encárgate del avión y mantén a Sasha ocupado mientras regresamos. Saldremos mañana al final de la tarde.

— Como usted diga, amo Viktor. Doña Ana, — dijo aquel hombre, quien nuevamente con una reverencia se dio la vuelta y partió hacia el avión.

— ¿Amo? ¿Y cómo demonios sabe éste hombre africano sobre mi, y por qué sabe hablar español tan claramente?

— Basta de tantas preguntas mi amor, vamos. Tenemos un largo camino por recorrer.

Viktor caminó hasta el lado del pasajero del jeep blanco al que Rakún les había guiado; abrió la puerta y esperó a que Ana subiera en él, cerrándola cuando ya estaba dentro. Subió al lado del piloto y no dijo nada mas, tomando una velocidad casi vertiginosa en aquella planicie en la que se encontraban. Un par de minutos después, el cobertizo, el avión, y todo lo demás que había en el lugar al cual llegaron ya no era visible, todo lo que había eran planicies casi desiertas.

— Con que África, ¿eh? — Ana se preguntó qué se traía el hombre entre manos. Él se enfocó en conducir, aparentemente conociendo el camino perfectamente, sin necesidad de mapas o GPS para dirigirse hasta su próximo destino.

* * * *

— Ana, despierta. Ya hemos llegado, — un suave movimiento en su hombro y la voz lejana de Viktor la trajeron de vuelta a la realidad. Aún a través de sus gafas de sol, el brillo la cegaba, por lo que tuvo que apretar los ojos hasta adaptarse. Cuando la imagen frente a ellos comenzó a tomar foco a medida que el vehículo se acercaba, no pudo ocultar su impresión.

— ¿Dónde estamos? — Preguntó, tan asombrada que había sacado la mitad del cuerpo a través de la ventana del jeep. Viktor rió, orgulloso de lo que yacía ante ellos.

— Es mi pequeña villa para jóvenes huérfanos. Es bastante modesta, no exageres. — Había hecho especial énfasis en la palabra "pequeña", palabra que era la menos adecuada para describir lo que se alzaba frente a ellos.

Una reja negra de al menos cuatro metros de altura se extendía ante ellos y acababa en paredes de hormigón del mismo alto, coronadas con torres de observación en cada esquina, en las que habían custodios armados. Usaban el mismo uniforme que la milicia privada de Viktor. En el centro, donde ellos se encontraban, se alzaban unas rejas que daban acceso a la propiedad, y delante de ellas habían al menos una docena de custodios armados.

— Bienvenido señor, señorita Ana, — dijo uno de los guardias al acercarse al jeep, haciendo el saludo militar para Viktor mientras sus compañeros abrían las enormes rejas para darles acceso a la propiedad.

Una vez dentro, cuando las rejas se cerraron tras ellos y el jeep se había adentrado un poco en aquella villa, Ana le pidió a Viktor que se detuviera. De un salto se bajó a través de la ventana.

No podía contener el asombro ante lo que se extendía ante sus ojos: en el centro se extendía una ancha calle de piedra, bordeada por pequeños edificios de dos pisos que se intercalaban con uno un poco más alto. Muchachos de diferentes edades, contexturas físicas y tonalidades de piel oscura caminaban por la calle, y le arrojaban miradas curiosas que ella supo ignorar sin problemas. Viktor manejaba el jeep muy despacio detrás de ella, siguiéndola de cerca.

Era una verdadera villa, en todo el sentido de la palabra.

La calle terminaba en una enorme plaza circular, adornada con una fuente que tenía el busto de una mujer con apariencia de virgen, la cual, a pesar de resultarle muy familiar, ella no logró reconocer. Frente a ésta, a mano izquierda, se encontraba una capilla igualmente ostentosa, un edificio similar a un estadio a mano derecha y justo al frente un edificio de varios pisos, parecido a uno de esos lujosos centros comerciales.

— Será mejor que subas al jeep si quieres dar la visita guiada. Ya tendremos tiempo para detenernos a saludar en cada uno de los lugares, — le gritó Viktor a su lado. Ana asintió, aún impactada por la presencia de aquel lugar en medio de la nada, y subió nuevamente al jeep.

Aquella parte resultaba ser tan sólo un tercio de la villa. La misma, le había comentado Viktor, tenía una extensión de doscientos kilómetros cuadrados. Tenía todos los servicios necesarios para mantener a unas dos mil personas, y todos y cada uno de los integrantes de aquella villa eran jóvenes huérfanos de todos los rincones de África. Viktor la había fundado a finales del año dos mil cinco, y desde entonces la misma había sido parte importante del desarrollo de aquella "área" de África.

Aún le molestaba tanto secreto, pero entendió el recelo del hombre y decidió hacerle caso omiso a al malestar que aquello le causaba.

— Rakún fue uno de los primeros huérfanos en llegar a éste lugar. Tan solo tenía diez años cuando lo encontramos en situación muy precaria. Lo mismo sucedió con gran parte de los chicos que se encuentran hoy en día con nosotros. Nos encargamos de sacarlos de situaciones de riesgo, los educamos, alimentamos, y les brindamos acceso a todas las herramientas que pudieran necesitar para convertirse en hombres de bien y productivos para la sociedad el día de mañana.

— Es una muy noble labor la que hacen en éste lugar, — le comentó ella, mirándolo fijamente mientras el jeep pasaba junto a un riachuelo a mano izquierda de la vía principal. — ¿Quienes te ayudan a financiar y controlar éste lugar? — Viktor sonrió, como capturado sin una respuesta. Ana entendió inmediatamente. — ¿Tú solo administras y mantienes éste lugar?

— Como te comenté una vez, no sólo me encargo de hacer trabajos sucios. Éste es mi mayor orgullo, saberme capaz de enmendar un poco el mal que viven tantas personas.

— Viktor, es increíble. Eres un hombre tan... extraño.

— Creo que puedes utilizar otra palabra para describirme que no sea "extraño", — comentó él jocosamente tras una carcajada. — Pero gracias, acepto tu cumplido aunque sea tan lamentable.

Ana negó con la cabeza, mirando fuera de la ventana con una sonrisa en el rostro. Un poco más adelante, una pequeña construcción llamó su atención.

— Espera, — le ordenó ella. Viktor bajó la velocidad y se dirigió al edificio que Ana había observado. Sabía perfectamente que sería de su interés. Ana observaba atentamente, y se preocupó un poco al ver que en ese lugar no habían hombres. — ¿Qué hacen éstas mujeres aquí?

Ana se bajó al momento en que Viktor se detuvo. El corazón le palpitaba con fuerza. No entendía qué hacían en aquel edificio cercado completamente, vigilado por guardias femeninas, de aspecto blindado. Al acercarse, una de las guardias abrió la reja para que ella entrara, diciéndole: — bienvenida, señorita Ana. — Ella asintió de forma abstraída y corrió dentro del recinto. No era posible, ¿acaso era lo que ella pensaba? ¿Una especie de prisión burdel para aquel montón de jóvenes?

Abrió la puerta principal con el corazón en la garganta. Lo que vio le asaltó por sorpresa, sintió vergüenza del alivio. Viktor había ingresado un paso detrás de ella, con los brazos detrás de la espalda.

— ¿Se confirmó tu idea de éste lugar? Hmmm, apuesto que no.

Era un jocoso desgraciado. Conocía perfectamente cuál había sido su idea, y se odiaba a sí misma por siquiera haberla considerado. Habría sido algo tan retorcido...

Un sonido familiar y distante la hicieron entumecer. No podía ser cierto lo que sus oídos escuchaban. Dos mujeres morenas, con uniformes idénticos y de pulcro color blanco caminaron hasta ella cuando Viktor les hizo una seña con la cabeza, la escoltaron hasta el final del pasillo principal que se extendía desde la entrada hasta la izquierda del edificio, donde giraba en una esquina.

No pudo contener las lágrimas cuando vio, a través de un cristal, el montón de cunas transparentes, llenas en su mayoría por bebés vestidos totalmente de blanco, identificados por listones azules y rosas. Algunos lloraban y movían sus pequeños pies y manitos mientras otros dormían plácidamente. Ana observó a Viktor quien llegó, nuevamente, un instante después y se detuvo a su lado, rodeando sus hombros con un fuerte brazo.

— También nos encargamos aquí de atender a madres en situación de peligro, durante gran parte de su gestación. Le damos la oportunidad a una nueva generación de crecer siendo dueños de su destino, así como también le brindamos el apoyo económico y psicológico a las mujeres para emprender la ardua tarea de ser madres.

Gran parte de ellas han sido víctimas de violaciones, por lo que aquí las ayudamos a superar el trauma y le damos la oportunidad a éstos bebés de nacer. No es un trabajo fácil, pero si es bastante satisfactorio.

— No puedo creerlo. — Estaba incrédula. Lo último que habría esperado ver en aquel lugar era una maternidad, además resguardada de los posibles peligros de la interacción con hombres en plena fiesta de hormonas.

Ahora comprendía el porqué de tanta seguridad en aquel recinto. Estaban siendo resguardadas, no contenidas dentro contra su voluntad.

— ¿Por qué? ¿Acaso es por mis "otros" dotes? — él le guiñó un ojo cuando ella lo miró, aún con lágrimas en los ojos. Los llantos inocentes de los bebés le sacaron una sonrisa. Fue en ese instante en el que supo que aquel hombre era todo, excepto lo que una vez había creído que era.

* * * *

Ana había tenido la oportunidad de visitar los talleres de adiestramiento en habilidades manuales, el centro de entrenamiento, en el cual los jóvenes contaban con distintas actividades en las que podían recrearse y desarrollarse, algunas de las casas (aquellos edificios de dos pisos en la calle central) además de la maternidad y la escuela, donde se encontraban ahora. Todo aquel lugar parecía sacado de una especie de película, era lo más ostentoso que había visto de las posesiones de Viktor y, aún así, era la meno vanidosa de todas.

Cecilia, la cocinera jefe de los comedores de la aldea, les preparó una cena magnífica en la suite de Viktor, situada en el último piso de la escuela. La misma constaba de una habitación principal y tres habitaciones para huéspedes. Dos baños y una cocina, la cual atendía Cecilia personalmente cuando Viktor se encontraba de visita.

Cenaron en silencio, la noche despejada se abría sobre ellos, iluminándolos con la luna y un montón de estrellas que se esparcían como caramelos blancos sobre un mantel de oscuro azul profundo. Se escuchaban apenas algunos ruidos nocturnos naturales. Todo lo demás era el murmullo de la gente que hacían vida dentro de aquellos límites en medio de la nada, el chasquido interminable de algunas antorchas que decoraban las calles para dotarlas de un toque menos tecnológico.

Todo aquello era un ensueño.

— Mis intenciones no son egocéntricas, — comentó Viktor repentinamente en mitad de la comida. Ana lo observó en silencio. — No pretendo ganar mi entrada al paraíso. Cuando mi momento de partir llegue, estaré satisfecho con las cosas buenas que he hecho. Con el legado que dejo tras de mi, con lo malo incluido, por supuesto.

De pronto el apetito se le cortó. Habían pasado un poco mas de ocho meses del año máximo que había sido su esperanza de vida. Ana se sintió devastada al recordar aquello. Viktor continuó su monólogo sin interrupciones.

— Entiendo el mal que he hecho, pero también soy consciente de todo el bien que he podido regalarle a ciertas personas, como a todos éstos jóvenes. Espero se equilibren de alguna manera, lo bueno y lo malo. Y aunque no me eximan de culpa, tendré en mi consciencia por siempre que pude evitar que muchos pasaran por lo que yo pasé cuando era niño.

Hubo un silencio bastante largo, uno incómodo y pesado, espeso como la niebla. Ana quiso romperlo pero, ¿qué podría decir para romper con el monólogo de un hombre desahuciado en sus últimos días? Pensó que lo mejor que podía hacer era dejarle expresar lo que sentía en aquel momento.

— Pero lo que más me satisface, de lo malo, fue la oportunidad que tuve de tenerte en mi vida. De sentir el amor que he sentido por ti, que aunque quizás no soy tu idílico príncipe azul, soy un hombre que te ama, y te amará, con toda su alma y por el resto de mis días. ¿Te lo había dicho?

— Viktor, no. Por favor, — aquello sonaba como una despedida. ¿Por qué hacerla ahora? ¿Por qué adelantar aquel momento?

— Lamento mucho todo tu sufrimiento. Y espero que alguna vez logres perdonarme, por todo.

Ana dejó salir un suspiro tembloroso, sus manos se apretujaban sobre su regazo bajo la mesa y mantenía la mirada baja, sobre su plato. No se atrevía a mirar de lleno a aquel hombre quien estaba rompiéndole el corazón con aquellas palabras tan tristes.

Viktor no dijo nada más aquella noche. Tan solo se acercó a ella y la abrazó, se dejó abrazar con todas las fuerzas que Ana tenía. No quería soltarlo, pues después de aquello sabía que no volvería a ver a aquel misterioso y cautivador hombre que se había adueñado de su corazón de la forma más inesperada.

— Te amo, Viktor Mikhail, — le susurró ella antes de romper en llanto. Viktor la sostuvo fuerte en todo momento.

* * * *

— Espero que su visita a nuestra villa haya sido de su agrado, doña Ana. Fue un honor conocerla. Espero volverla a ver muy pronto.

Rakún los despidió la tarde siguiente en el aeropuerto. Su sonrisa se mantenía intacta, como desconocedor de la realidad que vivía su amo. Viktor, por su parte, mantuvo los buenos ánimos hasta el final. La noche anterior hicieron el amor hasta quedar exhaustos, con Ana dormida sobre el pecho de Viktor. Se sintió como la más cursi de las despedidas. Ella se esforzó al máximo por sacudirse los malos pensamientos de la mente, pero no lo logró del todo.

— Por supuesto que si. Muchas gracias por tu hospitalidad. Eres un gran muchacho, Rakún.

El joven sonrió muy complacido, su blanca dentadura pareció relucir en los últimos rayos del atardecer. Viktor estrechó su mano firmemente, luego se acercó y le dio un fuerte abrazo que se extendió por un largo instante. Cuando ambos se separaron Viktor asintió y recibió el mismo gesto como respuesta. Una especie de acuerdo tácito entre ambos.

— Que tenga buen viaje, amo Viktor. — Ana se percató del leve tono de tristeza en aquella despedida. Lo que hizo que sus sentimientos afloraran un poco nuevamente. Antes de romper en llanto, se apresuró a entrar al avión, sentándose ésta vez junto a la ventana.

Viktor entró un momento después, dándole un beso en la frente y sentándose a su lado sin protestar. Antes de tomar su mano, se acercó a ella y le quitó el brazalete de goma de la muñeca. Ana le miró con expresión confundida aún visible por debajo de sus gafas enormes.

— Ya no necesitas de esto. Has probado tu lealtad a mi, incluso en éstos momentos finales amada mía. Tienes mi entera confianza. Espero tener la tuya de igual manera.

Aquellas palabras sonaban un poco a la declaración de libertad que tanto añoró aquellos primeros días de Octubre, hacía ya casi un año. Cuánto habían cambiado las cosas desde entonces. Ya no era aquella pequeña niña indefensa y temerosa que llegó a aquella isla como prisionera. Era una joven mujer, valiente y guerrera, que se había ganado su libertad con voluntad y fortaleza.

Ana sonrió y se acomodó sobre el hombro de Viktor, observando mientras el avión despegaba, dejando atrás a un Rakún que se despedía mientras se hacía más y más pequeño a medida que el avión tomaba altura. Desde el cielo puedo ver las luces de la villa de Viktor, y se sintió contenta de haber sido parte de ella aunque hubiese sido por un día.

Nunca olvidaría aquella última noche que vivieron en África.

Sería la última noche que pasarían juntos.

Capítulo 11

Agosto 16.

Viktor partió hace poco hacia su natal Rusia. Ésta vez, Sebastian se marchó con él. Siento una tristeza tan grande que amenaza con partirme el pecho en dos. No quiero creer que éste sea el fin, ni quiero creer que no volveré a verlo, pero ese último beso que me dio al llegar a la isla me hizo sentir como si me estuviera dando el beso de despedida. ¿Será que puede sentir que su tiempo está llegando al límite? ¿O acaso será que tiene algo más entre manos? Sin importar lo que sea, entiendo lo difícil de la situación.

Sebas me ha dejado a cargo de la isla. ¿Quién lo diría? La primera vez que llegué aquí no era más que una chiquilla prisionera y ahora soy la dueña y señora de éste lugar, junto con aquel ruso de cabellos cobrizos y ojos oscuros que, espero, poder volver a ver de nuevo.

No se me informó para qué iba Viktor a Rusia, tampoco el por qué era necesario que Sebas se fuera con él. Todo pareció ser urgente, pero planeado, y tan sólo me queda esperar y rogar porque las cosas sean para mejor. Que todo salga bien y que Viktor vuelva a gobernar su pequeña isla, a mi lado.

Mi libertad ya no me interesa. Al perderla gané algo más valioso, el coraje para enfrentarme a las adversidades, la decisión para forjar mi propio camino, el valor para vivir la vida bajo las condiciones que sean, y aún más importante, conocí aquello que en las películas pintan de platónico e idílico. Ese sentimiento que te embriaga y te hace sentir mariposas en el estómago, o te hace entristecer cuando no está en tu vida. El amor es algo que, hoy sé, no seré capaz de experimentar de nuevo, pues la vida ha querido que lo viviera de la forma mas extraña e intensa que ninguna mujer se ha imaginado jamás.

¿Qué sucederá mañana? No lo sé. Tan sólo espero que las noticias que reciba de Rusia sean prontas y positivas.

Te estaré esperando pacientemente, Viktor Mikhail.

* * * *

Agosto 24.

Sebas se ha estado comunicando conmigo de manera intermitente. Apenas ayer pude escuchar la voz de Viktor nuevamente al teléfono. Se escuchaba cansado, lejano. Me dijo que se estaba sometiendo a un tratamiento intensivo y experimental para ver si su cáncer retrocedía su avance, y si se podía salvar parte de los órganos que habían sido afectados por él. Me cuesta creer que eso sea posible, pero mantengo las esperanzas. Cualquier posibilidad de curación es mejor que ninguna. Y yo estoy dispuesta a seguir esperándole aquí, no pienso marcharme a ningún lugar hasta que él regrese.

La isla se siente extraña. Hay tanto silencio. Las milicias se encuentras en el Tártaro, los aviones se han marchado. Incluso Alejando ha partido de vuelta a España, pues su mujer estaba a punto de tener a su segundo hijo, un pequeño varón al cual nombrarían Víctor Sebastian, en honor a los dos rusos que le ayudaron a salir de la terrible situación en la que se encontraba apenas hace un año.

Me encuentro sola en éste pequeño trozo del paraíso, apartado de todo aquello que conocí alguna vez...

* * * *

Septiembre 1.

Sebas se comunicó conmigo hace dos días. Sonaba preocupado, algo había salido mal. Viktor estaba delicado, los médicos no le daban esperanzas. Le rogué para que enviara un avión a buscarme, pero se rehusó, me dijo que eran las órdenes de Viktor. Él no quería que lo recordara débil y moribundo...

Aún en su estado, era terco y obstinado como ninguno.

No puede ser que ésta sea la forma en que él me dejará.

No puede ser...

* * * *

Septiembre 5.

Anoche una parte de mi murió. Recibí una llamada a las tres de la mañana. No tuve siquiera que ver el teléfono para saber que era Sebastian. Viktor había fallecido pocos minutos antes de contactarme. Se fue en paz, sin dolor ni agonía, con una sonrisa en el rostro y mi nombre en sus labios. Me dejó vacía, y con un dolor tan profundo que dudé ser capaz de llegar a la mañana siguiente. Dudé en ser capaz de volver a llorar otra vez en mi vida.

El único amor que he tenido se ha ido.

Mi señor ha fallecido. Ya no soy mas su dueña.

* * * *

La lluvia caía incesante aquella mañana. El viento helado movía la copa de los árboles, y las gotas golpeaban casi con furia los paraguas de los presentes. El rito fúnebre se realizó en un cementerio privado de Oslov, lugar donde había sido enterrada la madre de Viktor cuando él era niño. Ana se encontraba sosteniendo su paraguas, vistiendo un sobretodo de color negro, un sombrero de ala ancha y unas gafas de sol a pesar de la oscuridad del cielo.

El resto de los presentes, en su mayoría hombres de alto rango de las milicias privadas de Viktor, cargaban el féretro, sin protección bajo la inclemente lluvia. Una marcha sonaba de fondo, acompañada de los pasos de los militares sobre la roca del camino por el cual desfilaban junto al que habría sido su comandante en jefe.

Todos le guardaban un respeto silencioso. Muy pocos le lloraban. Rakún y Cecilia habían viajado desde África con un pequeño grupo de jóvenes de la villa, quienes habían traído coronas de flores y otras manualidades para adornar la tumba una vez finalizado el entierro.

Sebas se mantenía cerca de Ana, aunque a una distancia prudencial. Él también se encontraba bajo la lluvia sin protección alguna, tomando el relevo en el mando, como lo había ordenado Viktor en su momento, portando el uniforme de las milicias una vez comandadas por él.

Quiso decir unas palabras, pero no se sintió con las fuerzas suficientes para hacerlo. Tan pronto como el ataúd comenzó a ser bajado dentro de la fosa, se giró y se marchó a paso despreocupado hasta la limosina negra que la estaba esperando.

Ahí se quedó llorando hasta que la lluvia, finalmente, cesó un poco.

** * * *

— Ana, — era la voz de Sebas, quien se acercaba a la tumba donde ella había tomado asiento luego de que la lluvia hubiera cesado y todo el mundo, excepto Sebastian, hubiese partido. Se sentía extraño escuchar su nombre sin ninguna clase de títulos por delante. — Lamento mucho tu pérdida.

Aunque sabía que era más doloroso para él de lo que podría ser para ella, se sintió agradecida con aquellas palabras. Tan solo pudo asentir mientras el joven se acercaba un poco mas, hasta posar una mano sobre su hombro. Una carta apareció en su vista periférica, Sebas la estaba sosteniendo para ella.

No hizo falta que él le explicara de qué se trataba, pues ya una vez lo había hecho, el día en que se había enterado de la enfermedad de Viktor. Nuevamente asintió, tomando la carta de la mano de Sebastian un momento antes de que éste se retirara sin añadir nada mas.

Se plantó un beso largo en la punta de los dedos, que luego rozó contra la fría pero hermosa lápida de granito con el nombre de aquel hombre incomprendido, grabado con una caligrafía fantástica.

Miró por un largo minuto el silencio de la piedra, y no pudo evitar sonreír al recordar algunas de las cosas que vivió con él. Se puso en pie y se acomodó el sobretodo, sosteniendo la carta con ambas manos delante de su cuerpo, antes de levantar un poco la barbilla.

Nunca bajes la mirada ante nadie, ni siquiera ante mi.

— Así lo haré, Viktor. Descansa en paz.

Epílogo

Mi queridísima Ana,

Si estás leyendo ésta carta es porque ya no me encuentro a tu lado para protegerte y mimarte como lo estuve haciendo a lo largo de éste año. Te extraño desde el momento en que partí a Rusia para buscar una alternativa al final que la vida tenía preparado para mi. Sufrí, más por tu ausencia que por mi enfermedad o el tratamiento, pero finalmente me encontraré en paz, o al menos eso espero, en el lugar donde sea que me encuentre el día de hoy.

Nunca entenderé cómo lograste perdonar mi lado oscuro, aceptarlo, y llegar a quererlo como sé que lo hiciste. Tal vez viste en mi lo que no muchas personas han logrado ver, principalmente porque nunca las consideré dignas de presenciar esa otra parte de mi que se escondía tras ésta cicatriz en mi rostro. No te pido que creas que fui un santo, ambos sabemos la verdad, pero tampoco quiero que pienses en mi como una mala persona con una tapadera, que buscaba el perdón de sus errores. Soy tal como me mostré contigo, una persona llevada por el camino incorrecto por las circunstancias que me tocó vivir. Hice lo mejor que pude para compensarlo, y por eso me siento tranquilo y agradecido.

Aquella tarde en la que te quité el brazalete al regresar de África quise decirte, sin palabras, que eras libre de nuevo. Libre para hacer lo que te plazca, para decidir por ti misma lo que harás con el resto de tu vida, hacer la diferencia en el mundo si es lo que quieres. No fui el mejor de los ejemplos, pues como recordarás, nuestro comienzo fue el menos convencional de todos, pero me alegro de que las cosas hayan marchado de la forma en que lo hicieron. No pude decírtelo en persona, pero me alegró mucho saber que estabas a cargo de mi adorada isla, mi Hades, y que la mantuviste en orden mientras Sebastian volvía de Rusia.

Pero basta de hablar de mi. No siempre tiene que ser sobre mi, ¿no es así? El día de hoy comienzas una nueva vida. Una que, espero, seas capaz de vivir sin mi. No quiero hacerte sentir mal, pero sé que me extrañaras. Yo lo estoy haciendo más que nunca al momento de escribirte ésta carta. (Espero que puedas reír con esa última línea. A mi me sacó una sonrisa en éstos momentos tan duros.)

Espero que mis asuntos inconclusos sean terminados por alguien más, y aunque no tengo el valor para pedírtelo directamente, muy en el fondo me encantaría que te unieras a alguna de mis causas. Alguna de mis BUENAS causas, por favor. Claro está, como te dije al principio, la decisión es tuya. Siempre fuiste libre para decidir, y ahora más que nunca lo eres. La isla, mi villa, la enorme colección de obras de arte que me pertenecen, todo eso será tuyo si así lo deseas. Sebastian tiene la orden de ponerlo todo a tu nombre. Todo mi imperio pasaría a tu poder con tan sólo pedirlo. Sé que es demasiado, pero no creas que debes dar una respuesta inmediata. Tómate el tiempo que necesites para reflexionarlo. A fin de cuentas, tienes toda una vida por delante para hacer un cambio en el mundo, si es esa tu voluntad.

Pero ya basta de parloteos sin sentido, es tiempo de que sepas mis deseos para ti. Como te dije, eres libre. Libre para comenzar una nueva vida en el lugar que desees, para hacer de ti la mujer que desees, la que con certeza sé que en el fondo eres, pues me lo demostraste durante el tiempo que compartimos. Sebastian tiene una cuenta a tu nombre, donde encontrarás dinero suficiente para poder mantenerte sin problemas por un tiempo. Puedes permanecer en la isla o volver a tierra firme. Como dije, es tu decisión.

Lo más importante que quiero para ti es que no pierdas las esperanzas y mucho menos el deseo de vivir. El tiempo es el tesoro más valioso que tenemos, y los recuerdos son la riqueza más importante que podemos atesorar. No podemos disponer de uno sin el otro, por eso te pido que no malgastes tu tiempo entre lágrimas y lamentos innecesarios. Yo mantendré conmigo por siempre esos recuerdos que creé a tu lado, los besos que compartimos y el dulce gusto de la mañana siguiente a aquellas noches de intensa pasión que disfrutamos.

La muerte es el destino en común de todo aquello que está vivo. Incluso ésta tierra en la que habitamos terminará por desaparecer en algún momento. Me alegra no estar vivo para presenciar ese final. Eso si sería horrible, ja ja ja. (¿Lograste reír con eso? ¿Si? Que bueno, eso me hace muy feliz).

Recuerda que no todo es blanco o negro, existen toda una gama de colores de por medio, desde los más claros hasta los más oscuros. Lo mismo sucede con las personas y sus intenciones. Nunca te dejes guiar porque alguien parezca correcto. Es lo que sucede con los políticos, siempre se pintan de la mejor forma posible y resultan ser una decepción, igual que los demás. Como reza el dicho, si conoces a uno... No olvides la bondad que existe en aquellos que, como tú y como yo, han vivido momentos difíciles. Intenta conocer en lugar de juzgar y serás una persona aún más maravillosa de lo que ya eres.

Bueno, por mucho que me encantaría darle largas a ésta carta, ya es hora de que me vaya despidiendo, ¿no crees? Por favor, no te sientas triste. Nunca fui demasiado bueno con eso de las despedidas, así que te deseo lo mejor, te deseo fortaleza para seguir adelante y valor para enfrentar lo que sea que venga en tu camino. Te estaré cuidando desde el lugar en que me encuentre. No olvides eso. Eres una guerrera y de paso una campeona. No me decepciones jamás.

Te amo, y te amaré con toda mi alma.

Por siempre tuyo.

Viktor.

Era la tercera vez que leía aquella carta. Ya no lloraba, no como la primera vez, al leer esas palabras jocosas que él le había dedicado como despedida. Se encontraba decidida a tomarle la palabra y seguir su consejo, a iniciar una nueva vida lejos de aquella isla que la había convertido en alguien que nunca creyó que podría ser. Si se permitía permanecer sumida en la desesperanza, mas temprano que tarde, acabaría uniéndosele en el más allá.

Sebas la despidió con cariño, con un fuerte abrazo y, a diferencia de ella, con algunas lágrimas contenidas. No se permitiría mirar atrás, aquel lugar no era el mismo que había conocido, se sentía desolado y triste, aún más que cuando era prisionera involuntaria. Su cumpleaños había sido el ocho de ese mes, tres días después de la muerte de Viktor y era, para ella, el segundo cumpleaños más triste que había vivido en sus cortos años.

Sebastian estaría bien por su cuenta, y aunque ella le prometió que estaría en contacto y que volvería para celebrar juntos su próximo cumpleaños, esperó que el tiempo transcurriera más lentamente para darle oportunidad de sanar; a pesar de las circunstancias, había llegado a tomarle cariño al jovial y atento sirviente, quien siempre se preocupó por ella como si se tratase de una hermana pequeña. Era algo que agradecía inmensamente.

Se encontraba ahora suelta en el mundo, buscando un nuevo lugar al cuál pertenecer. Ya hallaría una oportunidad para volver a Barcelona, y echarle un vistazo a sus padres. No sabía si tendría el valor suficiente para enfrentarse a ellos después de un año. Tampoco tenía la esperanza de que estuvieran demasiado centrados luego de su pérdida. Sebas le había ofrecido conseguirle información sobre su situación actual, pero ella prefirió enterarse por sí misma. A fin de cuentas, sería lo mejor. Por ahora tenía otras cosas más importantes en las que pensar.

Con nostalgia vio aquella pequeña isla alejarse hasta convertirse en un pequeño punto oscuro que no tardó demasiado en fundirse en el profundo azul del mar. El hidroavión la llevaría a un nuevo país donde comenzar una vida llena de oportunidades y de propósito.

Quizás no sería lo que Viktor desearía, pero era lo que él esperaba de ella: que siguiera sus instintos y confiara en sus instintos plenamente, y en aquel momento su mayor deseo era el de ayudar a la gente a superar tragedias como la que había vivido en carne propia. No todos corrían con su suerte, pero cualquier cosa, por más pequeña que fuera, sería la mejor ayuda que podría brindar.

Quería hacer algo que cambiara al mundo, tal y como había visto hacer a Viktor en aquella villa africana. No se conformaría con ser una muchacha común y corriente como lo había sido hacía un año, no después de todo el sufrimiento, seguido del aprendizaje y la superación. Sería una mujer influyente, capaz de mejorar la vida de muchos sin esperar nada a cambio.

— Nos encontramos cerca de nuestro destino señorita Ana. — El piloto del avión le informó desde la cabina, por lo que rápidamente se ajustó el cinturón. Memorias de Viktor ajustándolo por ella brotaron aún muy cercanas, amenazando con hacerla llorar, pero ella se negó a permitirlo. Sonrió en vez, observando el océano que se extendían debajo de ellos. Habían llegado, y se encontraba más nerviosa de lo que había creído que estaría.

No tendría a quien contarle sobre su nueva vida. Tendría que aceptar el hecho de que era alguien nuevo y sólo ella lo sabía. Alguien en algún momento habría de conocer su historia, pero la misma apenas estaba comenzando a escribirse. El miedo ansioso de un nuevo comienzo alimentaba sus ganas de llegar por fin.

Sintió un vació en el estómago cuando la nave comenzó a descender. Era un vacío que se intensificaba con los sentimientos que estaba experimentando.

* * * *

Su sombrero oscuro y de ala ancha ondeó en el viento de la costa que la recibía. El amerizaje había sido suave y sin problemas, como era de esperar de su experto piloto.

Aquel hombre, Sasha, la había ayudado a bajar la pequeña maleta con ruedas de color azul marino y un bolso de mano, las únicas pertenencias que había decidido conservar de aquella vida en la isla. El pelirrojo le ofreció una sonrisa llena de buenas vibras, asintió respetuosamente, deseándole la mejor de las suertes en su nuevo hogar, antes de marcharse de nuevo al hidroavión.

Ana se sentía complacida, tranquila a pesar de la ansiedad. Dejó salir un tembloroso suspiro, mientras observaba al mar extenderse reluciente bajo a luz del sol, alto en el cielo. Inhaló el olor del mar, mezclado con el del aceite de motor y gasolina de los barcos que llegaban al puerto.

Casi fantaseó con ver aquella isla, difusa en el horizonte a la distancia. Su corazón se encogió un poco, pero no dejó escapar ni una lágrima. No pudo evitar sentir nostalgia ante la oleada de recuerdos, buenos y malos, que la inundaron. De aquellos que la convirtieron en lo que en ese momento era.

Su nuevo hogar se extendía tras ella, y la recibiría tan pronto como dejara de buscar al

"Hades" entre aquel horizonte que fundía cielo y tierra.

Se giró a tierra firme, no reconocía a ninguna de las personas que paseaban ante ella, pero aquello no le importó. Era una nueva Ana: fuerte y decidida, y a sus diecinueve años de edad comenzaba una segunda vida, con una identidad nueva, una cuenta con un millón quinientos mil euros y conocimientos en Krav Magna (forma de arte marcial originaria de Rusia), que lograrían darle amplitud de posibilidades para su futura subsistencia. Tendría que apañárselas sin él a su lado para protegerla. Pero no habría problema con eso, pues ya tenía (casi) todo lo que necesitaría para sobrevivir en el mundo exterior sin él.

Su soledad no duró mucho, unos minutos después de su arribo escuchó que llamaban su nombre, su nombre real. Buscó entre la multitud hasta ubicar a un hombre de piel oscura que se acercaba a ella, con una sonrisa de dientes brillantes y perlados, y ropa demasiado fina en comparación con el resto de las personas de piel oscura que rondaban por ahí, con indumentarias de aspecto un tanto menos costoso. Su rostro familiar le sacó una inesperada sonrisa.

— Doña Ana, ¿cómo se encuentra?

— Rakún, que sorpresa verte por aquí. Estoy... bien, — dijo finalmente, forzando una pequeña sonrisa. — ¿Tú como te encuentras?

— Feliz de ser su guía en ésta nueva aventura que comienza usted el día de hoy. Permítame ayudarla con sus cosas.

Por supuesto. Aún después de marcharse, él seguía encargándose de protegerla lo mejor que podía. Era algo odioso, y a la vez muy dulce y considerado. Se sintió, dentro de su tristeza, muy feliz.

Rakún se adelantó, habiendo tomado los bolsos, hasta un lugar en donde les esperaba un Cadillac clásico, de color blanco marfil con detalles en dorado. Su corazón dio un salto, un soplo de esperanza que se desvaneció casi tan rápido como había llegado. Viktor no saldría de aquel vehículo a recibirla, por mucho que le hubiera agradado la idea.

Suspiró, y se encaminó detrás de su nuevo, e inesperado, sirviente y cuidador, mientras dejaba atrás aquella oleada de profunda tristeza que de pronto la invadió. Se giró nuevamente hacia el mar, la brisa la acariciaba, como un saludo y una bienvenida, como una despedida y un deseo de buena suerte.

Rakún abrió la puerta trasera del vehículo, llamando su atención una vez que ella no se giró a verle. Parpadeó un par de veces antes de girarse a ver a su acompañante, observándolo fijamente por un momento. Una ráfaga de aire la empujó desde atrás, se giró y no pudo evitar pensar que era él quien la estaba alentando a tomar su primer paso en aquella tierra nueva.

— Ya voy, pesado. — Susurró con una sonrisa cómplice, aquella que sólo era para Viktor, y luego le sonrió al confundido Rakún antes de negar con la cabeza.

— Oh no, mi estimado Rakún. Súbete al asiento del copiloto. Yo conduzco.

Rakún pareció no entender por un momento, y cuando ella se acercó al lado del piloto él finalmente cerró la puerta de golpe y se metió por la ventana al asiento de copiloto haciendo reír a Ana, por primera vez en mucho tiempo, de forma abierta y sincera. Ella negó con la cabeza ante aquel alarde de agilidad física y entró al coche de la forma tradicional, utilizando la puerta. Se quitó los lentes de sol y el sombrero, giró la vista hacia su copiloto.

— Bienvenida a Costa de Marfil, señorita Ana. — Fue lo que comentó el hombre una vez que Ana encendió el coche y pisó a fondo el acelerador, dejando atrás aquel puerto africano para aventurarse a lo desconocido.

* * * *

En la distancia, pudo verla. Segura de sí misma, madura. Ya no era la niña que había conocido. No pudo evitar sonreír al ver en lo que ella se había convertido, y menos sentirse orgulloso de su fortaleza. Ana era una chica de espíritu fuerte y noble. Ella habría de continuar con la labor humanitaria que Viktor habría estado realizando antes de su partida.

No hizo falta que ninguno de los dos lo dijera, fue una especie de acuerdo tácito al que ella y él habían llegado antes de que dejara la isla. Tan sólo tendría que ser paciente, muy paciente, darle tiempo y espacio. Sabían ambos que ella habría de regresar en algún momento pues, durante su estadía y eventual metamorfosis, parte de la isla se había quedado en ella, al igual que parte de ella siempre pertenecería a la isla de Viktor.

El móvil le sonó en el bolsillo de su chaqueta, demasiado calurosa para aquel lugar, pero perfecta para mantenerlo oculto entre la multitud de personas de distintos lugares que desembarcaban en aquel puerto de Costa de Marfil. Lo sacó sin prisa pero sin relajo, era el mismo que había pertenecido a Ana, pues ella se había negado a llevarlo porque siempre le haría pensar en él. No podía culparla, había sido el medio por el cual más habían compartido.

— ¿Diga? — Contestó rápidamente, con sus ojos aún fijos en Ana mientras se subía al coche blanco y partía del puerto. — Si señor, Rakún ya la ha recibido.

— ¿Cómo se encuentra ella?

— Se sentiría orgulloso si pudiera verla, — respondió el joven con una sonrisa honesta en su rostro. — Creo que continuará sus asuntos pendientes, eso mientras usted decide regresar para encargarse personalmente de ellos.

— Ya hemos discutido sobre eso. Es tiempo de que me tome unas largas y merecidas vacaciones. Tengo la confianza de que te harás cargo de todo perfectamente durante mi ausencia. — Ambos hombres se mantuvieron en silencio durante un minuto. El Cadillac ya se había perdido entre una pila de contenedores que estaban siendo descargados en el puerto. Se giró y caminó hacia el hidroavión que se encontraba dos muelles más allá de donde ella había desembarcado. — Sebastian, pídele a Rakún que cuide mucho de ella. Aún sigue siendo mi mayor tesoro.

— Como usted ordene, amo Viktor. — Y con aquella última contestación, colgó la llamada.

Made in the USA
Coppell, TX
05 August 2021

60004928R00095